Brinx / Kömmerling

Winnetous Sohn

Das Buch zum Film

Brinx / Kömmerling

Winnetous Sohn

Das Buch zum Film

cbt

Kinder- und Jugendbuch-Verlag
in der Verlagsgruppe Random House

Verlagsgruppe Random House FSC® N001967
Das für dieses Buch verwendete FSC®-zertifizierte Papier
Super Snowbright liefert Hellefoss AS, Hokksund, Norwegen.

1. Auflage 2015

Verwendung des Titelbestandteils »Winnetou«
mit freundlicher Genehmigung des Karl-May-Verlags, Bamberg
Umschlaggestaltung: basic-book-design, Karl Müller-Bussdorf
unter Verwendung des Filmplakats
Umschlag- und Innenfotos:
KINDERFILM GMBH (Fotograf: Stefan Erhard)
mi · Herstellung: kw
Satz: Uhl + Massopust, Aalen
Druck: GGP Media GmbH, Pößneck
ISBN: 978-3-570-16388-7
Printed in Germany

www.cbt-buecher.de

Geh aufrecht wie die Bäume. Lebe dein Leben so stark wie die Berge. Sei sanft wie der Frühlingswind. Bewahre die Wärme der Sonne im Herzen und der große Geist wird immer mit dir sein.

(Weisheit der Navajo)

Der Steinbruch des Todes. Die Sonne brennt auf das karge, staubige Stück Erde. Hoch oben auf einem Felsen wartet ein Geier darauf, dass die drei Bleichgesichter unten den Indianer endlich an den Baum knüpfen.

»Hängen sollst du, Winnetou«, grölt der eine und schleudert die leere Whiskyflasche gegen die Felsen. Sie zerbricht in tausend glitzernde Teile.

»Du bist die längste Zeit der Häuptling der Apachen gewesen!«, lacht ein anderer und zeigt seine faulen braunen Zähne. Der Dritte schießt einfach so in die Luft.

»Jim, Bill, jetzt hängt sie auf, die elende Rothaut!«

Winnetou steht mit ungerührtem, stolzem Gesicht auf einem Holzklotz, die Schlinge eines Seiles um den Hals, die Hände auf dem Rücken gefesselt. Er schaut in die Weite der Prärie und würdigt die Bleichgesichter keines Blickes.

»Bye, bye, Amigo!« Gerade setzt Jim seinen staubigen Cowboystiefel an den Holzklotz, um ihn umzustoßen, da fällt ein Schuss und durchtrennt das Seil. Aufgeregt spritzen die Banditen auseinander, »in Deckung!«, »Achtung!«, »Zum Henker!«, und Winnetou landet lautlos auf seinen perlenbestickten Mokassins im Staub. Oben auf einer Anhöhe erscheint ein schwarzes Pferd, darauf ein etwa zehnjähriger Indianerjunge mit pechschwarzen Haaren und entschlossenem Gesicht. Immerzu weiterschießend kommt er herbeigeritten.

»Das ist sein Sohn!« »Das ist Winnetous Sohn!« Die Bleichgesichter versuchen mit ihren Revolvern auf ihn zu schießen, doch einen tritt er vorher weg, dem anderen kommt er mit seinem Schuss zuvor, den Dritten schlägt er mit seinem Gewehrkolben nieder.

Dann reitet er zu seinem Vater und in den sonst stets ungerührten Gesichtern steht große Freude.

»Vater!« Lässig springt er von dem wunderschönen Rappen.

»Mein Sohn!«

Schnell löst Winnetous Sohn die Fesseln seines Vaters, die beiden umarmen sich. »Der Sohn des großen Häuptlings war in tiefer Sorge.«

»Winnetou hätte auf seinen Sohn hören sollen!« Beide bemerken nicht, dass hinter einem Felsen ein vierter Bandit auftaucht, anscheinend ein Mexikaner, denn er trägt einen riesigen Hut. In der Hand hält er eine Dynamitstange. »Das Feuerwasser vergiftet die Herzen der Bleichgesichter und macht sie böse!«, spricht Winnetou mit finsterem Gesicht weiter. Sein Sohn steigt auf sein

Pferd und legt eine Hand auf sein Herz. Der Mexikaner zündet die Dynamitstange an.

»Winnetous Sohn weiß, dass sein Vater, der Häuptling der Apachen, ein großer und tapferer Krieger ist!«

Grinsend hebt der Mexikaner die brennende Dynamitstange über den Kopf und will sie gerade zwischen die beiden Indianer schleudern … da klingelt ein Handy.

»Was soll das? Wer ist das? Das gibt es doch gar nicht!« Wütend geht der Regisseur des Stückes, das gerade auf der großen Freilichtbühne in Wolfitz einstudiert wird, dazwischen. Ein energischer Mann in Soldatenuniform, der soeben einen Tobsuchtsanfall bekommt. »Wie oft soll ich das denn noch sagen? HANDYS AUS!« Die Darsteller überprüfen hektisch ihre Taschen, klopfen sich ab, und Jim, der eigentlich erschossen auf dem Boden liegt, zieht das klingelnde Ding mit schlechtem Gewissen heraus. »So kann ich nicht arbeiten!«, schreit der Regisseur weiter und stürmt auf die Bühne.

»Entschuldigung!«, nuschelt Jim.

»Wenn das so weitergeht, werden wir nie fertig!« Während er weiter herumschreit, bemerkt der Darsteller, der den Mexikaner gibt, plötzlich, dass die Zündschnur der Dynamitstange gleich abgebrannt ist. Schnell wirft er das Ding weg, alle springen auseinander, Deckung, Ohren zuhalten. Aber dann macht es nur ganz leise plopp und das war's. Erleichterung macht sich breit, der von seiner Wut ganz erschöpfte Regisseur lehnt sich an eine Pappkulisse, die die Felswand spielt und das Gewicht nicht aushält. Mit lautem Getöse fällt sie um, das Pferd, auf dem der Darsteller von Winnetous Sohn sitzt, steigt vor Schreck hoch, und der Junge fliegt in hohem Bogen, sich mehrfach überschlagend, runter.

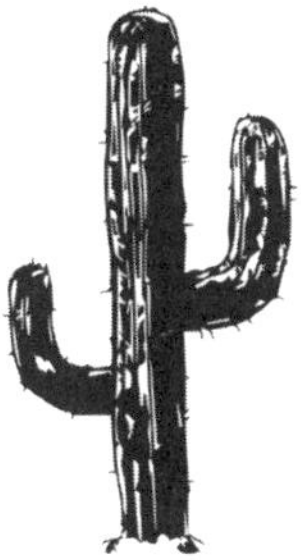

1

Als Max im Schneidersitz unter dem Tisch saß, wusste er noch nicht, dass das, was in Wolfitz passiert war, für ihn sehr, sehr wichtig werden würde. Du kannst den Regenbogen nicht sehen, wenn es nicht irgendwo regnet, sagen die Indianer, und das wusste Max wiederum, damit hatten sie recht. Es muss etwas passieren, damit etwas passiert, oder auch, wenn es kein Unglück gibt, gibt's auch kein Glück. Also hatte er gewartet und war unter den Wohnzimmertisch gezogen. Papa zu seinem Freund Olli, er unter den Tisch. Hier war es wie im Indianerzelt, ein Tipi, von allen Seiten geschützt, weil er die Decken drum herum genagelt hatte und bequem im Schneidersitz darunter sitzen konnte, um zu warten. Oder seine Mutter zu beobachten, die im Moment hektisch hin und her lief und dabei auf seinen Vater schimpfte.

»Das ist doch echt nicht zu fassen! Ich komme zu spät zum Flughafen. Wahrscheinlich ist es genau das, was Torsten will!« Max hielt den kleinen Handspiegel hoch und zog sich mit Mamas Lippenstift zwei fette rote Streifen über jede Wange. Kriegsbemalung. Obwohl er im Frieden auf Evis Ranch gehen würde. Er freute sich sogar. Sogar total. Wenn nur seine Mutter jetzt nicht so sauer wäre.

»Duuu hast meinen Lippenstift! Bist du wahnsinnig, weißt du, was der kostet? Komm jetzt, wir nehmen ein Taxi, dein Vater ist nicht zu erreichen!« Wütend schleuderte sie ihr Handy in die Handtasche. »Ist ja auch nichts Neues!« Max verzog keine Miene, die Würde eines richtigen Indianers ist nicht zu erschüttern. Auch wenn es nicht so ist, muss es wenigstens so aussehen. Er kroch aus dem Tipi und war bereit. Bereit für seine große Reise.

»Ja, ist denn schon Karneval?«, wollte der Taxifahrer wissen, als er Max in seiner zu engen Wildlederhose und der Indianerkette über dem dicken Bauch sah. In solchen Fällen wurde Mama Birte zur Steppenwölfin, die ihr Junges schützt. Obwohl sie selber dauernd über diesen Indianerkram schimpfte. Wenn es ein anderer tat, musste Manitu schleunigst seine schützende Hand über ihn halten.

»Lassen Sie den Jungen in Ruhe! Ich hab's eilig. Evis Ranch, Ronsdorferstraße und dann so schnell wie möglich zum Flughafen!«

»Vielleicht ist Papas Uhr stehen geblieben?«, überlegte Max laut, und Birte schnalzte so mit der Zunge, wie er es nicht leiden konnte, schnalzte Verachtung.

»Welche Uhr?«

»Ja, oder er hat ein Vorspiel bei Lady Gaga, weiß man

doch alles nicht.« Torsten spielte in einer Band. Gitarre. Er war immer ganz sicher gewesen, dass sie irgendwann den Durchbruch schaffen würden. Warum also nicht gerade jetzt? Birte klopfte ihrem Sohn auf den Wildlederhosenoberschenkel und schaute dabei nervös auf den Verkehr, weil es nicht voranging.

»Glaub mir, Max, ich weiß, dass er kein Vorspiel hat. Nirgendwo. Niemals, die Dinge ändern sich nicht. Fahren Sie da rechts, so kommen wir ja nicht weiter!«

Max schaute aus dem Fenster und lächelte. Mama! Sie hatte keine Ahnung. Die Dinge hatten sich doch auch jetzt geändert. Seit sie Papa vor die Tür gesetzt hatte, war alles anders. Warum sollte das nicht wieder zurücklaufen? Oder eine neue Wendung nehmen? Kurven machen? Papa konnte alles ändern. Er war ein Indianer, seit Max ihn kannte, seit er auf der Welt war, und hatte auch aus ihm einen gemacht. Zusammen waren sie als Indianer durch die Prärie ihrer Kleinstadt gezogen, und Papa hatte ihm alles beigebracht, was ein richtiger Indianer wissen und können musste. Schleichen, ungerührte Miene, Weisheiten aller Art, Bogenschießen und vieles mehr.

Einmal, vor Jahren, als sie noch eine Familie gewesen waren, hatten sie alle zusammen die Freilichtbühne in Wolfitz besucht. Gezeigt wurde der dritte Teil von »Winnetou«, über drei Stunden lang preschten die Indianer auf ihren Pferden auf der riesigen Bühne hin und her, bekämpften sich mit den fiesen Bleichgesichtern, versuchten ihr Land zu retten, ihre Ehre und das Überleben ihres Volkes. Winnetou war der größte aller Helden. Max hatte neben seinem Vater gesessen, beide in voller Montur, Indianer mit Leib und Seele, und Birte trug immerhin eine Feder schief in den Haaren. Drei Stunden hatte der kleine Max sich nicht bewegt und alles genau verfolgt. Er ballte seine Hände zu Fäusten, am liebsten wäre er mit Winnetou geritten und hätte ihm beigestanden, aber dann kam plötzlich dieser Schuss auf Old Shatterhand, und weil Winnetou eben so ein großer Held war, warf er sich dazwischen und ... wurde getroffen. Und dann sagten sie auf einmal, dass Winnetou jetzt stirbt in den Armen seines Bruders, und die Glocken läuteten dazu, obwohl Winnetou bestimmt nicht katholisch war, das wusste Max ganz genau. Er konnte es nicht ertragen, wie er da lag und einfach verloren hatte. Und so klopfte er seinem Vater aufgeregt und mit Tränen in den Augen aufs Bein.

»Winnetou darf nicht sterben, Papa, er darf nicht sterben, tu doch was!« Birte und Torsten versuchten ihn zu beruhigen, auf den Schoß zu ziehen, aber Max war vollkommen außer sich, und da war Torsten, sein Vater, der Indianer, der das Leben träumt, aufgesprungen und hatte den Satz seines Sohnes nach vorne zur Bühne geschrien.

»Winnetou darf nicht sterben!« So laut, so lange, bis ein anderer Zuschauer sich anschloss, »genau, Winnetou darf nicht sterben!«, und noch einer und schließlich alle mitmachten und der sterbende Winnetou auf der Bühne den Kopf drehte und beschloss weiterzuleben. Papa konnte alles ändern, als er noch ein Indianer war, und Max würde ihn schon wieder daran erinnern.

»Hier, wir sind da, hier können Sie anhalten!« Birte sprang schon aus dem Wagen, als er noch gar nicht richtig stand, um Max' Indianergepäck aus dem Kofferraum zu holen. »Warten Sie, wir fahren direkt weiter!«

Max wusste genau, was er auf Evis Ranch brauchte. Der Schlafsack und das Messer waren das Wichtigste. Damit würde er diesmal eine Friedenspfeife schnitzen.

»Mach's gut, mein Süßer, viel Spaß! Lass dich nicht unterkriegen, am Sonntag bin ich wieder da.« Unterkriegen lassen? Auf Evis Ranch? Er? Max, genannt der Häuptling? Seine Mutter umarmte ihn und sprang zurück ins Auto. Er sagte ihr lieber nicht, dass seine Kriegsbemalung jetzt auf ihrer Bluse leuchtete, sie war eh schon so aufgeregt. Ein verlängertes Wochenende mit ihrer Freundin Kiki in London. Der würden die roten Flecken bestimmt egal sein. Das Taxi wirbelte Staub auf beim Losfahren, Birte winkte aus dem Fenster, und Max hob die Hand zum Gruß, wie die Indianer es taten und die Würde es verlangte. »Möge Manitu mit dir sein!« Das Taxi verschwand in der Wolke aus trockener Erde.

»Springendes Reh grüßt ihren Bruder, den Häuptling!«

Erfreut drehte Max einen Halbkreis. Da saß Evi auf

dem pechschwärzesten und wildesten Pferd der Ranch, Iltschi, führte die Hand zum Herz und wieder in die Luft und strahlte ihn an. Evi, mit ihren blonden Strohhaaren unter dem vergilbten Cowboyhut, nie mit Helm, immer ohne Sattel. Sie war eine Indianerin aus tiefstem Herzen, und manchmal dachte Max, sie könnte sogar die Sprache all ihrer Tiere verstehen. Evi hatte erkannt, dass Max der Häuptling war, schon beim allerersten Mal, und hatte ihn gerne auf ihrer Ranch dabei. Diese Ranch war ihr Leben. Irgendwo am Rande der Stadt, mit den Pferden und Hühnern, Ziegen und Hunden, dem großen Lagerfeuerplatz und dem Gemeinschaftszelt, in dem die Kinder übernachteten, die hier alles lernten, was man als Indianer können muss. Evi lebte gerne in ihrem Wohnwagen und lauschte am Abend den Grillen, die sich auch über diesen idyllischen Platz in der Stadt wunderten und gerne für sie sangen. Reich konnte sie hier nicht werden und war es aus ihrer Sicht doch.

»Das Herz des Häuptlings ist voller Freude!« Max schnappte sich seinen Schlafsack, und Evi sprang vom Pferd, legte einen Arm um ihn, und alle zusammen gingen unter dem Holzschild durch, in das Evi »Evis Ranch« gebrannt hatte, und das wie in einem richtigen Western im Wind quietschte, wenn er wehte.

»Wie geht es Bronsky? Was macht Bob? Wo bleibt Pinky?« Max konnte es kaum erwarten, all seine tierischen Freunde wiederzusehen.

»Sie freuen sich auf dich. Und die anderen Kinder sind auch schon fast alle da!« Zwei Mädchen und zwei Jungs standen um Pinky herum, versuchten sie zu füttern und zu streicheln, und das kleinste Pony der Welt hatte seinen Spaß, ihnen an den Klamotten zu zupfen oder sie mit der gierigen Nase anzustübern. Nur einer von ihnen wich immer wieder ängstlich zurück, und da wusste Max gleich, wer in der Nacht im Tipi Heimweh bekommen würde.

»Hey Leute, alle mal herhören, ich möchte euch den Häuptling vorstellen!« Die Kinder drehten sich zu ihnen um und musterten Max, der mit häuptlingsmäßig verschränkten Armen und würdevollem Gesicht vor ihnen stand und ihnen durch seine Brille tief in die Augen schaute. Sie starrten ihn an, dann fing einer an zu grinsen.

»Der sieht aber nicht gerade aus wie ein Häuptling!« Max lächelte milde, er wusste ja, dass sie noch viel lernen mussten.

»Indianerhäuptlinge sind nie blond und dick!«, tönte eines der Mädchen noch obendrauf, und Evi legte ihr freundlich eine Hand auf die Schulter.

»Wie einer aussieht, ist ganz egal!« Sie deutete auf Max' Kopf und die Stelle, wo das Herz in seiner Indianerbrust schlug. »Darauf kommt es an. Da zeigt sich, wer ein echter Indianer ist!«

Max nickte Evi zu und machte jetzt vorsichtshalber ein freundlicheres Gesicht.

»Springendes Reh hat gut gesprochen! Howgh!«

Da waren die Kinder still und Evi klatschte in die Hände.

»So, ich zeige euch jetzt mal alles und der Häuptling wartet hier auf unseren letzten Mohikaner.« Sie schaute in den Himmel, um die Uhrzeit abzuschätzen. »Müsste ja jeden Moment kommen!« Evi nahm den kleinen Ängstlichen an die Hand und zog mit der Truppe los, das Gelände zu erkunden, die Tiere kennenzulernen und einen Schlafplatz im großen Gemeinschaftstipi auszusuchen. Max drehte sich zum Eingangsschild, um die Ankunft des letzten Teilnehmers nicht zu verpassen, und ordnete die Indianerkette über seinem Bauch. Die Kette, die sein Vater ihm geschenkt hatte. Ein leichter Wind fegte den Staub über die ungepflasterte Straße, die zur Ranch führte. Es war ganz still. Wie die Ruhe vor dem Sturm.

2

In der Ferne verdichtete sich der Staub. Mit ihm verschwand die Stille, ein Motorengeräusch wurde schnell lauter und ein Lieferwagen bremste direkt unter dem Schild. Max machte den Rücken gerade und kniff die Adleraugen zusammen. Der Motor verstummte, der Staub legte sich und dann passierte erstmal nichts. Max rührte sich nicht. Plötzlich wurde die Beifahrertür aufgerissen und eine energische Frau sprang aus dem Wagen. »Wir sind da, alles aussteigen!« Es klang ein bisschen zu fröhlich. Sie wartete, verschränkte die Arme, schaute in den Himmel. »Morti!!!« Jetzt stieg auch der Fahrer aus, ein Mann mit leicht gequältem Gesichtsausdruck. Er schaute zu der Frau über den Wagen.

»Der Junge heißt Morten und er will nicht!«

Max zog eine Augenbraue hoch. Aha!

»Der Junge will gar nichts!« Die Frau klang plötzlich gar nicht mehr so fröhlich, eher genervt und sehr angespannt. »Du würdest ihn ja für immer in seinem Zimmer versauern lassen, aber nicht mit mir, nein, das mache ich nicht mit. Wir haben eine Verantwortung, Sven!« Der Mann seufzte.

»Ja, aber vielleicht ist jetzt ein Indianercamp auch nicht gerade das Richtige!«

»Was denn, was schlägst du denn vor? Ich habe dich hunderttausend Mal gefragt, aber da kommt ja nichts, irgendwer muss doch hier mal das Heft in die Hand nehmen ...!« Die beiden stritten sich über die Ladefläche weiter und waren so vertieft in ihre Angelegenheiten, dass sie gar nicht bemerkten, dass der sogenannte Morti mit versteinertem Gesicht aus dem Wagen stieg. Max zog die andere Augenbraue auch noch hoch. Was war das denn für einer? Die Haare lang und dunkel, überhaupt dunkel der ganze Typ, man wunderte sich, dass er keine schwarze Wolke über dem Kopf mit sich herumtrug.

Ohne seine Eltern auch nur eines Blickes zu würdigen, zerrte er einen schwarzen Rollkoffer aus dem Auto, zog den Griff raus und ging mit Todesmiene unter dem Schild hindurch auf Evis Ranch. Von irgendwoher kam Mundharmonikamusik, aber das war wahrscheinlich nur in Max' Kopf und gar nicht echt. Was hatte sein Vater ihm immer gesagt?

»Einen echten Indianer und Blutsbruder erkennst du so schnell, wie der Falke sein Opfer schlägt!« Hier war einer, das war für Max ganz eindeutig. Der konnte unglaublich gut ungerührt aussehen. Obwohl es wahrscheinlich in ihm kochte. Und man musste ihm sicher noch den richtigen Pfad weisen. Aber dafür war der Häuptling ja genau der Richtige.

Morten blieb vor Max stehen, hob zum ersten Mal den Blick und schaute ihn an.

»Wo ist mein Zimmer?«

Max drehte sich um und zeigte mit großer Geste auf das Gemeinschaftstipi. Der Junge seufzte und zog los, den Rollkoffer hinter sich her durch den Staub. Und sogar seine Eltern hatten jetzt bemerkt, dass ihr Sohn den Wagen verlassen hatte.

»Viel Spaß, Morti!«, winkte die Mutter wieder sehr fröhlich hinter ihm her, aber Morten drehte sich nicht mehr um.

Am Abend versammelte sich die Gruppe um das riesige Lagerfeuer. Evi hatte eine Schüssel Teig angerührt und jeder konnte sich sein Brot um einen Stock wickeln und im Feuer grillen. Max saß auf einem Balken, verwaltete den Teig und streichelte Bob, den Riesenköter, der zu seinen Füßen lag. Die Sonne verabschiedete sich am Horizont, der Hahn krähte für sie, weil er irgendwie anders war, die warme Luft kühlte sich ab und nichts auf der Welt konnte den Frieden stören.

Auch nicht Morten, der mit verschränkten Armen und finsterer Miene auf einem Holzklotz saß, weil er musste, nicht weil er wollte, und sich weigerte, einen schimmeligen Stock ins Feuer zu halten. Evi lehnte am Gatter und benutzte diesen Moment wie immer, um die Regeln klarzumachen und den Kindern zu erzählen, was sie in den nächsten vier Tagen alles Tolles erleben würden.

»Als Erstes brauchen wir für alle einen richtigen Indianernamen!« Max riss sofort seinen Arm in die Luft.

»Häuptling!« Alle nickten. Das war ja schon klar.

»Tapferer Bär!«, wollte der Vorlaute heißen, und es wurde genehmigt. In diesem Moment schrie der Kleine auf. Pinky hatte ihm den Teig vom Stock gemopst. Sie war wirklich das einzige Pony auf weiter Flur, das sich vollkommen unbemerkt anschleichen konnte.

»Ängstlicher Hase würde zu dir passen«, machte Tapferer Bär sich lustig. Max nahm dem Kleinen den Stock aus der Hand, knetete eine neue Teigrolle darum und gab ihn ihm zurück.

»Hier, Kleiner Fuchs!« Damit war der zufrieden und auch für die beiden Mädchen wurden schnell Namen gefunden, Tanzende Eule und Strahlende Sonne. Morten gähnte.

»Und du? Wie sollen wir dich nennen, Morten?« Evi ließ sich von so was nicht beeindrucken.

»Morten.«

»Einsamer Wolf?«, schlug Max vor, und alle nickten, denn das war wie Faust aufs Auge.

»Morten«, knurrte Morten und holte sein Handy aus

der Hosentasche, um etwas zu kontrollieren. Max schielte zu ihm rüber. Auf dem Display liefen Zahlen rückwärts, eine Art Countdown.

»Gut, nennen wir dich Einsamer Morten«, meinte Evi und hielt ihm die geöffnete Hand hin, »und Handys sind hier verboten!«

»Morten!«, sagte Morten und zog das Handy weg, sodass Evi es auf keinen Fall erreichen konnte. »Ich brauch das, sonst weiß ich nicht, wie viele gottverdammte Minuten ich hier noch bleiben muss.«

Evi verzog keine Miene. Was Morten konnte, konnte sie schon lange. »Wir richten uns hier nach dem Lauf der Sonne und der Sterne!« Morten stöhnte.

»Das ist mir viel zu ungenau!« Max schielte auf den laufenden Countdown. Das war die Zeit, die Morten hierbleiben musste, aber auch die, die er hatte, um ihm klarzumachen, dass er ein Indianer war. Einer vom Feinsten. Einer, der sich nur verrannt hatte in irgendwas. Was hatte Papa immer gesagt?

»Es ist deine Pflicht, dem zu helfen, der seine Indianerseele verloren hat!« Morten würde es erkennen müssen und Max ihm dabei helfen.

»Der Weiße Mann hat die Uhr, wir haben die Zeit!«, verkündete er stolz eine andere Indianerweisheit, und da ging Morten endgültig die Luft aus. Resigniert legte er das Handy in Evis Hand, stützte den Kopf in die Hände und starrte in den staubigen Boden. Max lächelte. Der

Duft der Prärie würde das Herz des Einsamen Wolfs schon noch erweichen.

Am nächsten Morgen war Max als Erster auf den Beinen. Zusammen mit dem Hahn begrüßte er den Tag mit lautem Indianergeheul, und außer Morten, der hartnäckig so tat, als würde er weiterschlafen in der hintersten Ecke des Zeltes, möglichst weit weg von den anderen, erreichte er alle. Zum Frühstück gab es indianischen Maisbrei, dann wurden die Tiere versorgt und Max zeigte Kleinem Fuchs Bronsky, den Haflinger. Im Gegensatz zu Pinky war er das größte aller Pferde, mit langen Wimpern, durch die ein sanfter Blick weise über die Welt schaute.

»Tut der auch nichts?«, wollte Kleiner Fuchs ängstlich wissen, und da nahm Max ihn mit auf die Weide, unterm Zaun durch.

»Hier komm, lehn dich an, so wie ich!« Sie lehnten sich an das riesige Pferd wie an einen Baum, die Wärme seines Körpers lief durch sie hindurch und der Blick des Kleinen Fuchses wurde sofort ähnlich weich und weise. »Nein, der tut nichts!«

Jeder sollte sich für die paar Tage etwas vornehmen, was er mit seinen Händen herstellen wollte. Ledertäschchen oder Pfeil und Bogen, Indianerketten oder wie Max eine Friedenspfeife. Und jeder nahm sich auch etwas vor, außer Morten. Er saß nur auf dem Holzklotz und wartete.

»Wenn ihr jetzt in den Himmel schaut und den Stand der Sonne betrachtet, was meint ihr, wie spät es dann ist?«, wollte Evi von allen wissen. Die Vorschläge lagen ziemlich weit auseinander. Die einen meinten, es wäre noch Vormittag, während die anderen dachten, der Nachmittag wäre schon angebrochen und überhaupt längst Zeit fürs Mittagessen.

»Was meinst du, Einsamer Wolf?« Max lächelte Morten an. Der starrte in den Boden. Max beugte sich zu ihm runter. »Was glaubst du, wie spät es ist, Morten?«

»Ist doch egal. Die Zeit vergeht so oder so. Hoffentlich!«

Max zuckte mit den Schultern, Evi zeigte in den Himmel und erklärte allen, dass es jetzt genau Mittag war und hoffentlich der Succotash fertig. Über dem Lagerfeuer brodelte ein indianischer Bohneneintopf schon den ganzen Vormittag. Alle stürmten mit Indianergeheul zur Feuerstelle.

»Morten?« Er schaute langsam zu Max hoch, gelangweilt, was ist denn noch? Max lächelte ihn an. »Succotash! Kommst du? Wir machen den hier nicht aus Eichhörnchen wie bei den Indianern, sondern …!« In diesem Moment steckte sich Morten die Zeigefinger in die Ohren und summte einen Dauerton, damit er auch wirklich gar nichts mehr von dem Indianergesülze hören musste. Max zuckte mit den Schultern, ließ ihn sitzen und ging essen.

»Lecker! Succotash!«, machte er einen sehr lauten letzten Versuch von weit weg, als er sah, dass Morten die Finger wieder rausgenommen hatte, aber der malte mit einem Stock einen Halbkreis um seine Füße in die Erde und rührte sich nicht.

Als die anderen auf den Ponys saßen und mit Evi auf dem Gelände reiten übten, war es schon halber Nachmittag. Morten hatte einen tiefen Halbkreis in den Staub gegraben.

»Hey, willst du mal versuchen?« Max stand vor ihm, Bronsky locker an der Mähne haltend. So schnell würde er nicht aufgeben!

»Guck mal im Internet, was dem passiert ist, der sonst Supermann war.« Morten schaute nicht mal hoch.

»Was denn?«

»Ist vom Pferd gefallen, du Häuptling, und seitdem …«, Morten machte mit der Handkante einen Schnitt durch seinen Hals, »Krrrrk! Schluss mit Fliegen!« Bronsky beugte sich mit seiner weichen Schnauze zu ihm runter, als wollte er nachsehen, was mit ihm los war, da sprang Morten auf und machte, dass er davonkam. »Denk dran, Schluss mit Fliegen!« Max klopfte Bronsky beruhigend auf den Hals und schaute ihm nach.

»Der Häuptling muss vielleicht erkennen, dass nicht jeder zum Indianer geboren ist!« Evi war neben ihm aufgetaucht und rieb sich die Hände an der Lederhose ab, die aussah, als wäre sie mit ihr auf die Welt gekommen und seitdem einfach mitgewachsen.

»Der da aber schon!« Max versuchte irgendwie auf das riesige Pferd zu klettern, hatte aber nicht wirklich eine Chance, er war einfach ein bisschen zu dick geworden in letzter Zeit. Evi gab ihm Hilfestellung.

»Man muss erstmal eine Meile in den Mokassins des anderen gehen, bevor man über ihn urteilen kann!«

Max, hoch auf seinem Pferd, schaute nachdenklich in die kleine Weite, die Evis Gelände bot, und dachte darüber nach, so sehr, dass er in der Nacht von dem Gedanken aufwachte. Alle lagen in dem großen Tipi und schliefen tief und fest. Max setzte sich auf und spähte in Mortens Ecke. Nichts rührte sich, nur ein Haufen Schlafsack. Und daneben? Seine schwarzen Schuhe! Leise zog er den Reißverschluss seines Schlafsackes auf und kroch auf allen vieren zu Morten. Lautlos, wie er es früher so oft mit seinem Vater geübt hatte. Kleiner Fuchs seufzte, sonst war alles ruhig. Max schlüpfte in Mortens Schuhe, richtete sich auf und ging vorsichtig zwei Schritte hin und wieder zurück. Er versuchte zu fühlen, was Morten fühlte, so zu sein wie er, ihn zu verstehen. Schloss die Augen. Ein Schuh knarzte, als wollte er Max warnen, aber der hörte nicht drauf und stieß gegen den schwarzen Rollkoffer, der leise scheppernd auf Mortens Kopf kippte. Mist, Mist, Mist! Eilig zog sich Max die Schuhe von den Füßen, sauste zu seinem Schlafplatz und tat so, als ob er schlief, Augen zu, Schlafsack über den Kopf, gar nicht da. Aber nichts rührte sich. Alle atmeten ruhig weiter und auch bei Morten keine Bewegung. Komisch allerdings, denn wenn einem ein Koffer auf den Kopf fällt, wacht man doch eigentlich auf? Max spähte hinüber. Ob er tot war? Erschlagen vom eigenen Rollkoffer? Großer Manitu! Max sprang auf, sauste zu Morten, hob den Koffer auf und schlug den Schlafsack zurück. Leer. Keiner da. Morten war überhaupt nicht hier. Max schaute sich um. Wo war er dann? Im Tipi nicht! Er schnappte sich vorsichtshalber sein Schnitzmesser und verließ das schützende Zelt.

Draußen war es schon dunkel, die Tiere schliefen und nur Evi saß mit Bob auf der Treppe vor ihrem Wohnwagen und versuchte ihm lustige Tricks beizubringen. Max drückte sich an der Pferdekoppel entlang, blieb außerhalb des Lichtes, gebückter Gang, Indianer, wie er leibt und lebt. Dabei die Adleraugen überall, aber was sie nicht entdecken konnten, war Morten. War er abgehauen? Ganz alleine, mitten in der Nacht! Oder von fiesen Bleichgesichtern entführt worden?

Plötzlich entdeckte Max einen winzigen Lichtschein aus der Hütte, in der Evi das Essen aufbewahrte und eine kleine Küche hatte. Hielten sie ihn dort gefangen? Max robbte über den Platz, sein Schnitzmesser fest in der Hand, und lauschte an der Tür. Tatsächlich war eine leise Männerstimme zu hören.

Na wartet! Morten, halt durch, der Häuptling kommt, dich zu retten!

Leise drückte er die Klinke runter und betrat die Hütte. Sie war leer. Der Lichtschein und die Männerstimme kamen eindeutig aus der Speisekammer. Vorsichtig schlich Max darauf zu, nahm den Türknauf in die Hand und drückte ihn mit einem Ruck und einem lauten Schrei auf.

»Ha, hab ich euch!«

Morten saß auf dem Boden, auf seinem Schoß eine Tüte Chips und neben sich ein Radio, aus dem die aufgeregte Männerstimme kam.

»Der Helikopter fängt Feuer ... oh mein Gott ... er stürzt ab ... die Menschen auf der Landebahn rennen panisch davon, versuchen sich in Sicherheit zu bringen ... !«

Max ließ das Messer sinken. Morten schaute zu ihm hoch. »Spionierst du mir nach?«

»Ich dachte, die Bleichgesichter hätten dich entführt!«

Morten zog eine Augenbraue hoch, zerknüllte die leere Chipstüte und stand auf. Im Radio verkündete der Sprecher das Ende der Sendung »Unfälle und Katastrophen«.

»Meine Lieblingssendung, höre ich jeden Tag!« Er schaltete das Radio aus, drückte sich an Max vorbei aus der Kammer, stellte es aufs Fensterbrett, wo es hingehörte, und ging zur Tür. »Kannste ja morgen deiner Evi petzen.«

Max starrte ihn fassungslos an. Was fiel dem denn ein?

»Ein Indianer petzt nicht!« Er war echt sauer.

»Bist aber keiner«, sagte Morten und ging.

3

Am nächsten Tag ließ Evi die Indianer für zwei Stunden alleine. Sie musste einige Besorgungen machen und klopfte Max vertrauensvoll auf die Schulter.

»Du kriegst das schon hin hier. Sind ja alle beschäftigt.«

»Springendes Reh kann sich auf den Häuptling verlassen!«

Seit dem Ereignis in der Speisekammer hatte Max Morten keines Blickes mehr gewürdigt. Also zumindest keines Blickes, den er hätte bemerken können. Mit dem war er fertig. Während die anderen Bogenschießen übten, saß Morten auf seinem Holzklotz, den man wohl später den Mortenklotz nennen würde, und stierte vor sich hin. Langweilte sich zu Tode. Bitte schön. Selber schuld. Max schnitzte verbissen an seiner Friedenspfeife. Konnte er sich endlich um wichtigere Dinge kümmern. Was sollte man sich mit so einem aufhalten, der es nicht zu würdigen wusste, dass …

»Guckt mal, der Kleine Fuchs!«, schrie eines der Mädchen, und alle drehten sich um. Da saß er, hoch oben auf Bronsky, die Hände in die Luft gestreckt und übers ganze Gesicht strahlend.

»Da könnt ihr mal sehen, dass ich gar kein Angsthase bin!«

Alle rotteten sich aufgeregt zusammen, als Bronsky jetzt langsam lostrottete.

»Das darf der nicht, mach was, Häuptling, du bist doch der Häuptling!« Max sprang auf. Nicht weil er Angst hatte, dass der Kleine Fuchs vom Pferd fallen könnte, nicht von Bronsky, sondern weil das Gatter weit aufstand.

»Das Gatter, wir müssen ...!«, schrie er noch, aber da war es schon zu spät. Der wilde Iltschi hatte es gesehen, stieg hoch und preschte los. Und weil Pferde Herden- und Fluchttiere sind, die anderen gleich mit. Eine Stampede vom Feinsten.

Schreiend brachten sich die Kinder hinter Bäumen und im Schuppen in Sicherheit, Tapferer Bär stolperte gar nicht tapfer rückwärts in einen Wassertrog, nur Morten blieb wie versteinert auf dem Holzklotz sitzen und starrte den wilden Pferden, die direkt auf Max zugerast kamen, entgegen. Auch der wollte natürlich nichts lieber, als schnell in Deckung zu gehen. Aber dann würden die Pferde ausbüchsen und das durfte nicht sein. Was würde Evi sagen? Und wenn sie auf die Straße liefen? Es blieb nicht viel Zeit zu überlegen, aber wie aus dem Nichts erinnerte sich Max plötzlich daran, wie sein Vater ihn

Max (Lorenzo Germeno) ist ein Vollblut-indianer und regelmäßiger Gast auf Evis Ranch.

Evis Ranch liegt am Rande der Stadt, beherbergt Pferde und Hühner, Ziegen und Hunde, einen großen Lagerfeuerplatz und mehrere Gemeinschaftszelte für die Kinder, die hier alles lernen, was man als Indianer können muss.

Nicht jeder kommt freiwillig hierher ... Morten (Tristan Göbel) findet das Indianergetue albern und sondert sich ab.

Als Max erfährt, dass die Karl-May-Festspiele in Wolfitz nach einem Sturz bei den Proben einen neuen Darsteller für Winnetous Sohn (Jann-Piet Puddu) suchen, ist er Feuer und Flamme!
(Cowboy Jim: Aleksandar Jovanovic)

In der Westernstadt Pullman City, Hasselfelde/Harz fand die Filmcrew die ideale Kulisse für die fiktive Freilichtbühne Wolfitz.

In den Sandhöhlen in Blankenburg/Harz entstanden die Aufnahmen für die fiktive Felsenlandschaft Wolfitz.

Seit seine Eltern sich getrennt haben und sein Vater ausgezogen ist, hat Max sein Quartier unter dem Wohnzimmertisch aufgeschlagen, da Indianer nun mal nicht in Betten schlafen. Seine Mutter Birte (Alice Dwyer) ist davon nicht begeistert.

Max' Vater Torsten (Christoph Letkowski) ist erst mal bei seinem Kumpel Olli (Johannes Allmayer) untergekommen.

Birte und Torsten diskutieren heftig, ob Max am Casting für Winnetous Sohn teilnehmen kann. Ob Torsten immer dran denken wird, ihn rechtzeitig hinzufahren?

Mit seinem detailreichen Indianerwissen treibt Max den General (Uwe Ochsenknecht) bei der Anmeldung zum Casting zur Weißglut. Dessen Assistentin (Jytte-Merle Böhrnsen) hält den Atem an.

Zum Glück gibt es da noch Morten (Tristan Göbel), der Indianer eigentlich doof findet …

Für die Bewerbung um die Rolle muss Max einiges können, u.a. auf ein galoppierendes Pferd zu springen!

Obwohl Max' Mutter Birte kein Indianerfan ist, unterstützt sie ihren Sohn.

einmal, als er noch sehr klein war, über einen wackeligen Baumstamm hatte balancieren lassen. Der lag über einem Bach, der Max damals wie der reißende Mississippi persönlich vorgekommen war. Er hatte Angst gehabt und war sich sicher gewesen, dass der Strom ihn mitnehmen würde bis zu den Wasserfällen und dann …?

Sein Vater hatte nur dagestanden und ihm Mut zugesprochen.

»Ein Indianer kann alles schaffen, wenn sein Herz nur entschlossen ist!«

Max riss die Arme in die Luft und blieb stehen. Mitten im Weg. Blickte dem Feind ins Auge!

»Ho!«, rief er ruhig und bestimmt, wie er es mal bei Evi gesehen hatte. Iltschi wieherte, schien kurz zu überlegen, ob er den Jungen überrennen oder an ihm vorbeilaufen sollte, aber dann bremste er ab, gerade noch rechtzeitig und den Kopf wild zur Seite werfend. Und was Iltschi machte, das taten die anderen auch. Max ging auf ihn zu, legte ihm beruhigend die Hand auf den Hals, sprach leise auf ihn ein, und merkte, dass ihm soeben das Herz in die Hose gerutscht war. Er nahm ihn an der Mähne und führte ihn langsam zurück zur Koppel. Die anderen trotteten brav hinterher.

»Jemand muss hinter uns das Gatter zumachen«, rief Max so leise es ging, um Iltschi nicht zu erschrecken. »Bitte, kann mir jemand helfen?«

Aber so groß die Klappe der anderen auch sonst war, in diesem Moment traute sich keiner, die schützende Deckung zu verlassen. Da stand Morten auf, lief in einem großen Bogen um die Pferdegruppe herum und schloss mit spitzen Fingern, und so schnell er nur konnte, das Gatter hinter Max und den Pferden. Dann machte er, dass er wieder zu seinem Holzklotz kam. Der Kleine Fuchs saß immer noch auf Bronsky, der der Stampede als Einziger nicht gefolgt war, sondern gemütlich außerhalb des Geheges graste. Man konnte dem Füchslein das schlechte Gewissen direkt ansehen.

»Häuptling, das wollte ich nicht!«, sagte er, als der unter dem Gatter durch aus der Pferdekoppel kletterte.

»Ist ja gut gegangen!«, tröstete er ihn und half ihm von dem riesigen Haflinger.

Dann ging er zu Morten, denn jetzt wusste er wieder, was er eigentlich schon die ganze Zeit gewusst hatte: Dieser Typ war ein Indianer!

»Der Dank des Häuptlings wird dir ewig sicher sein!«

Morten schaute zu ihm hoch. »Du hast mich nicht verpetzt, ich hab das Gatter zugemacht. Steht's eins zu eins oder null zu null, wie du willst!«

Egal, ob Morten das jetzt so sah, es hatte sich durch diesen Gleichstand etwas verändert zwischen den beiden, das konnte Max deutlich spüren. Also folgte er Morten in der Nacht, als er sich wieder aufmachte, um seine Radiosendung zu hören. Und der sagte nicht nein.

Evi saß mit zwei Freundinnen ums Lagerfeuer und das lag mitten auf ihrem Weg.

»Mist!«, fluchte Morten leise.

»Warte, ich kenne einen tollen Indianertrick!« Max kratzte eilig etwas Erde zusammen und sammelte sie in seiner Faust. »Wir müssen schnell sein!«

Morten nickte skeptisch. Skeptisch, weil er nicht an Indianertricks glaubte, und skeptisch, weil er es nicht für möglich hielt, dass der dicke Max wirklich schnell sein konnte. Der schleuderte den Sand zielsicher in die Büsche hinter dem Lagerfeuer. Aber die Damen hörten es nicht einmal. Sie tranken weiter ihr Bier und kicherten über etwas.

»Toll!«, murrte Morten leise. »Und jetzt?«

»Jetzt weiß ich einen Geheimweg!« Max strahlte ihn an, quetschte sich an ihm vorbei und schlich in gebückter Haltung davon. »Komm!« Morten seufzte. Hätten sie den Sandtrick ja auch gleich weglassen können.

Kaum hatte sich die Tür der Hütte hinter ihnen geschlossen und Morten das Radio in der Speisekammer eingestöpselt, versuchte Max weiter, ihn von der Welt der Indianer und dem Indianersein an sich zu überzeugen.

»Manche behaupten ja, die Indianer hätten verloren. Aber das stimmt so nicht. Mein Vater sagt immer ...!« Morten ließ sich die Wand entlang auf den Boden rutschen, hielt sich die Ohren zu und summte den Ton. Max seufzte, verschob die weitere Überzeugungsarbeit auf später, fischte sich eine Tüte Chips aus dem Regal und setzte sich neben Morten auf den Boden. Der stellte den richtigen Sender ein, es lief noch Musik.

»Was machst du denn sonst so?«, schlug Max ein anderes Thema an.

»Nichts.«

»Nichts?« Max nickte nachdenklich vor sich hin und bot ihm Chips an. Wie es wohl war, nichts zu tun? Er konnte sich nicht daran erinnern, jemals nichts getan zu haben.

»Und du?« Morten schaute ihn an und lächelte ein bisschen verächtlich. »Bist du immer ein Indianer?«

Sofort war Max wieder in seinem Element.

»Hör mal, Morten, das kann man sich doch nicht aussuchen. Man kann ja auch nicht sagen, zum Beispiel wenn man aus Spanien kommt, nee, heute bin ich kein Spanier mehr.«

»Du bist aber nicht aus Indianien.«

»Ja, aber ...!« Morten hielt sich wieder die Ohren zu. Es war im Moment völlig sinnlos, mit ihm darüber zu diskutieren. Max zog seine fast fertige Friedenspfeife aus der Hosentasche und fing an zu schnitzen.

»Blockflöte?« Morten war wirklich unmöglich.

»Friedenspfeife, das sieht man doch. Für meine Eltern, damit sie sich wieder vertragen.«

Morten schnaubte. »Du glaubst auch echt jeden Blödsinn!«

Das reichte. Max stand auf. Er hatte jetzt wirklich genug. Als er schon fast draußen war, kündigte der Moderator im Radio »Unfälle und Katastrophen« an. Dramatische Musik folgte.

»Es geht los!«, sagte Morten, und Max verstand das ein bisschen als Entschuldigung. Weil es so gemeint war oder weil er es so wollte, eigentlich egal, jedenfalls setzte er sich wieder hin.

»Herzlich willkommen, liebe Zuhörer, bei Unfälle und Katastrophen. Aus aktuellem Anlass beginnen wir unsere heutige Sendung mit einer kleinen Tragödie auf der Karl-May-Freilichtbühne in Wolfitz.«

Aufgeregt riss Max die Augen auf.

»Die kenn ich, da war ich schon mal. Das war echt …!«

»Psssst!«

»Bei den Proben zum neuen Stück ›Winnetous Sohn‹ ist der 10-jährige Hauptdarsteller Mario vom Pferd gestürzt und hat sich beide Beine gebrochen.«

»Auweia!«

Mahnender Blick von Morten.

»Die Produktion sucht nun händeringend nach einem Ersatzdarsteller und bittet um zahlreiche Meldungen. Das Unfälle- und Katastrophenteam wünscht viel Glück!«

Max warf die Chipstüte zur Seite.

»Das bin ich!«, schrie er aufgeregt.

»Was?« Morten verstand kein Wort.

Max sprang auf und hüpfte im Kreis. »Das bin ich, das

bin ich, das bin ich. Die suchen mich, Morten, verstehst du?«

Morten musste lachen. Das erste Mal. »Dich?« Er musterte den blonden, dicken Max, der da vor ihm herumsprang, und konnte es nicht fassen.

»Ja, mich. Checkst du's nicht?«

In diesem Moment ging die Tür der Speisekammer auf und Evi stand darin, gerunzelte Stirn, Hände in die Seiten gestemmt.

»Was macht ihr denn hier?«

Sofort flog Max ihr vollkommen aus dem Häuschen um den Hals. »Ich werde Winnetous Sohn!«

4

Die ganze Nacht hatte Max kein Auge zugetan. Oder er dachte es zumindest. Er hatte sich vorgestellt, wie er in voller Indianermontur mit stolzem Gesicht auf einem schwarzen Hengst über die riesige Freilichtbühne in Wolfitz ritt und Winnetous Sohn war. Und wie sein Vater stolz auf ihn sein und nichts ihn in seinem Sitz halten würde. Mama auch. Mama bestimmt auch. Klar, es war Indianerkram, aber ihr Sohn im tosenden Applaus von Tausenden von Menschen, Millionen Menschen, der ganzen Welt … irgendwann war er wohl doch eingeschlafen und hatte einfach weitergeträumt.

Am nächsten Tag gab es ein großes Abschiedsgrillen für die Eltern, die nach und nach eintrudelten, um ihre beseelten Kinder abzuholen. Alle bekamen einen Kopfschmuck, es lief Gitarrenmusik vom Band, Pinky trabte zwischen den Kindern hin und her und versuchte irgendetwas Essbares zu ergattern, Max grillte Würstchen und Morten sprühte Ketchup und Senf auf die Teller und reichte sie weiter. Max' Aufregung hatte sich nicht gelegt. Er strahlte über das ganze Gesicht, zappelte am Grill herum und erzählte jedem, der es wissen wollte oder auch nicht, dass er Winnetous Sohn werden würde.

»Da wird Papa Augen machen!« Torsten sollte ihn abholen und war, nicht wirklich überraschend, noch nicht da. Dafür trudelten jetzt Mortens Eltern ein, und die Begeisterung darüber, dass ihr Sohn tatsächlich mithalf, Würstchen zu verteilen, stand vor allem der Mutter ins Gesicht geschrieben.

»Morti, ich glaub, ich seh nicht richtig. War es wohl doch nicht so übel hier, was?« Sie schloss ihren Sohn in die Arme, der sich sofort wieder in den ablehnenden Stock verwandelte, als der er angekommen war, während der Vater zwei Würstchen bei Max bestellte.

»Als die Eltern meines Freundes bekommen Sie natürlich Freikarten, wenn ich Winnetous Sohn bin«, verkündete der, während er die Würste wendete. »Er wird es Ihnen erklären!« Max zeigte mit dem Kopf Richtung Morten. Sein Gesicht war finsterer denn je, die schwarze Wolke über ihm braute sich zu einem Gewitter zusammen.

»Lass das, Max!«, knurrte er und holte seinen schwarzen Rollkoffer, der schon fix und fertig gepackt bereitstand. »Können wir?«

»Jetzt schon?« Max schaute ihn verwundert an. Wieso wollte Morten so schnell weg? Warum war er auf einmal wieder so verschlossen und abweisend?

»Ich kriege noch Würstchen!«, widersprach auch sein Vater, und die Mutter nickte.

»Eben!«

»Ich will nach Hause. Los!« Morten war nicht umzustimmen. Die sollten bloß nicht glauben, dass sie mit ihrer Campidee irgendwas erreicht hatten!

Da zog Max eine Indianerkette aus dem Lederbeutel, den er immer bei sich trug.

»Hier, für dich.« Morten ließ sich die Kette widerwillig umhängen. »Möge der große Manitu uns bald wieder zusammenführen, mein Bruder!«

Morten starrte in den Boden, und da fühlte sich die Mutter verpflichtet, für ihren Sohn einzuspringen.

»Also von uns aus ... Morti freut sich immer ...!«

»Lass!«

»Und dann kommt ihr zur Premiere, versprochen, Einsamer Wolf?« Max wollte so gerne, dass er ja sagte!

»Einsamer Wolf?« Der Vater musste grinsen, und da platzte Morten endgültig der Kragen. Warum ließ dieser unmögliche Kerl ihn nicht einfach in Ruhe? Warum musste er ihn jetzt hier vor seinen Eltern so bloßstellen?

»Du hast doch eh keine Chance, so wie du aussiehst!«

Entsetzte Stille machte sich breit, bis sich die Mutter wieder gefangen hatte, und diesmal sagte sie »Morten!«, weil sie wirklich empört war. Aber Morten setzte sogar noch einen drauf.

»Eher reite ich auf Iltschi durch die Stadt, als dass du

Winnetous Sohn wirst. Die lassen dich doch nicht mal beim Casting mitmachen!«

Max streckte ihm die Hand hin. Ungerührt: Das wirst du nicht sehen, Einsamer Wolf, wie sehr du mich verletzt hast. »Wetten?« Morten starrte ihn finster an. »Wenn doch, musst du mich trainieren!«

Morten schlug ein.

»Und wenn nicht, lässt du mich für immer in Ruhe!«

»So sei es!«

Der Handel war besiegelt.

Als alle längst abgeholt waren und aus dem großen Haufen Asche des Lagerfeuers nur noch eine dünne Rauchsäule gen Himmel stieg, half Max Evi noch beim Aufräumen.

Dabei ließ er gelegentlich ein Stück Restwurst für Bob fallen und versuchte ruhig zu bleiben. Pünktlichkeit war eben nicht Papas größte Stärke.

»Soll ich noch mal versuchen, ihn zu erreichen?«, wollte Evi wissen. Sie sah Max' unruhige Blicke zum Eingang sehr genau und er tat ihr leid.

»Der kommt schon!«

»Also, ich hab jetzt Feierabend!« Evi knotete den letzten Müllsack zu und sie setzten sich nebeneinander auf ein Gatter, den Eingang im Blick. »Mein Vater ist auch immer zu spät gekommen. Big Boss und so, da vergisst man schon mal die Zeit!«

Max zuckte mit den Schultern. Die Sache mit dem Big Boss traf auf seinen Vater ja eher nicht zu. Er war eben ein Indianer und die hatten die Zeit. Er hoffte nur, dass er es nicht ganz vergessen hatte. In diesem Moment ertönte der Käuzchenruf, den sie einstudiert hatten, um sich immer zu finden.

Max sprang vom Gatter. »Papa!«

Da bog er auch schon um die Ecke und kam unter dem Schild durch mit ausgebreiteten Armen auf seinen Sohn zu, der direkt hineinflog.

»Max! Entschuldige …!«

Max winkte ab. »Ach, bestimmt ist deine Uhr stehen geblieben, oder?« Sie drückten sich, und Torsten nickte Evi zu, die jetzt ebenfalls vom Gatter sprang, um sich in den ersehnten Feierabend zu verabschieden. Eine kleine, bissige Bemerkung konnte sie sich allerdings nicht verkneifen.

»Gratuliere. Nur zwei Stunden zu spät!«

Torsten zuckte entschuldigend mit den Schultern. Man konnte ihm schon ansehen, wenn man Adleraugen wie Evi besaß, dass ihn etwas davon abhielt, die Regeln des Alltags einzuhalten.

Unrasiert und ungekämmt, der Körper eher schlaff, als hätte er aufgegeben, keine Kraft mehr zu kämpfen, und er trank zu viel Feuerwasser. Ansonsten eigentlich ein gut aussehender Mann. Evi klopfte Max zum Abschied auf die Schulter.

»Springendes Reh wünscht dem Häuptling viel Erfolg in Wolfitz. Du machst das schon!«

Max strahlte sie an. »Der Häuptling weiß das!« Indianergruß, dann ging Evi zu ihren Pferden. Denen musste sie noch allen eine gute Nacht wünschen. Torsten schaute ihr nach.

»Wolfitz?«

Aufgeregt erzählte Max ihm von seinem neuen Freund und Mitindianer Morten, der Radiosendung, was die gesagt hatten und dass da jetzt ein Casting sein würde und er sich unbedingt bewerben müsste, weil er gewinnen würde. Das war sicher.

Torsten zog die Augenbrauen hoch.

»Und was sagt deine Mutter dazu?«

Na ja, okay, die wusste es noch nicht. Begeistert würde sie nicht gerade sein, das war Max klar. Aber sollte das ein Hindernis sein? Ein so hoher Berg, dass ein Indianer nicht leichtfüßig darüber hinweglaufen konnte? Max grinste seinen Vater an.

»Du weißt doch: Wer etwas Wichtiges vorhat, sollte keine langen Reden halten, sondern nach ein paar Worten zur Sache kommen.«

Torsten war sich in diesem Fall nicht so ganz sicher. »Du machst das schon, Papa!«, rief Max und sprang mit so großem Schwung huckepack auf seinen Rücken, dass er um ein Haar das Gleichgewicht verloren hätte.

Natürlich war Birte nicht begeistert. Nicht begeistert von dem ganzen Indianerkram, nicht davon, dass Torsten in das Horn ihres Sohnes blies und überhaupt nicht begeistert, dass er überhaupt in ihrer Küche stand, locker ans Buffet gelehnt und ihr die schönen letzten Tage in London sofort wieder vermieste. Ein paar verliebte, heimliche Tage mit George, ihrem Englischlehrer aus der Abendschule. Herrlich, Birte war hin und weg. Aber da stand Torsten und die rosa Wolke verzog sich sofort. Allein schon, weil er da war.

Max hatte sich vorsichtshalber in sein Unter-dem-Tisch-Tipi verzogen und verfolgte das Gespräch seiner Eltern voller Anspannung von dort aus wie ein Ping-Pong Match.

»Es ist doch nichts dabei, lass es ihn doch versuchen!« Papaping.

»Max soll also 50 km von hier die Hauptrolle in einem Theaterstück übernehmen, und du findest, da ist nichts dabei?« Mamapong. »Das ist doch eh schon alles nicht mehr normal mit diesem Indianergetue.«

»Ach komm ...!«

»Oder findest du es in Ordnung, dass dein Sohn seit einem halben Jahr unterm Tisch schläft, weil Indianer angeblich auch keine Betten haben?«

»Das legt sich schon wieder.« Papaping. »Du siehst gut aus!«

»Ähm, ja, nee, das tut doch jetzt nichts zur Sache.«

Mamapong. Papa hatte sie aus dem Konzept gebracht. Es war kurz still, und Max lauschte aufmerksam, weil er hoffte, dass das nur Gutes bedeuten konnte.

»Wer soll ihn denn da jeden Tag hinbringen? Also ich für meinen Teil kann nicht, ich muss nämlich meine Führungen machen und Geld verdienen!« Pong.

»Für mich kam das doch jetzt auch überraschend. Aber ich mach das schon.« Ping.

Max ballte die Faust. Jetzt begann das Gespräch in die richtige Richtung zu laufen.

»Na klar, du machst das.« Mama schnalzte das blöde Schnalzen und ihre Stimme war plötzlich ein bisschen höher als sonst. »Da kann man sich ja dann auch voll drauf verlassen. Du hast ja alles im Griff.«

Max duckte sich in seinem Tipi. Wenn sie jetzt anfingen sich noch mehr zu streiten, konnte das für ihn schlecht ausgehen. Papa könnte total sauer werden und irgendwann einfach die Faxen dicke haben und wütend abhauen, ohne Max' Anliegen durchgekämpft zu haben. Aber so kam es nicht.

»Jetzt lass uns doch erstmal dahinfahren, dann kann er sich vorstellen, und dann sehen wir, was daraus wird!«

Ping.

5

Und so befanden Torsten und Max sich nur wenige Tage später auf dem Weg nach Wolfitz, Max in voller Indianermontur und bestens vorbereitet. Ja, sie waren zu spät, der Wagen war nicht angesprungen, Torstens Handy kaputt, die Uhr stehen geblieben, eins von allem oder alles zusammen. Aber jetzt lief es, und Max war sicher, dass sich ihm nichts und niemand in den Weg stellen konnte.

Sein Vater hatte den Motor vor dem großen Palisadenzaun der Freilichtbühne noch nicht abgestellt, da sprang er schon aus dem Auto.

»Schnell, Papa, der weiße Mann wartet nicht gerne!«

Torsten schälte sich mühevoll aus dem Wagen – hätte er bloß gestern mit Olli nicht so viel Bier getrunken –, und ließ sich von Max durch den Eingang zerren. Kaum waren sie unter dem großen Holzschild hindurch, hatte sich die ganze Welt verändert. Sie waren im Wilden Westen.

Vor der großen Freilichtbühne war eine Art Stadt errichtet worden, genau so hatte es damals ausgesehen oder genauso stellte man sich das vor. Ein großer Kreis aus Holzhäusern und Buden, ein Saloon sogar mit Balkon, von dem im Film immer die Bösen schossen, und mittendurch liefen Schienen. Gerade als Max und Torsten angerannt kamen, fuhr eine echte Dampflok über den Platz, tutete zur Begrüßung und blies jede Menge Rauch in den blauen Himmel. Max strahlte. Hier war er absolut richtig! Hier, zwischen Fressbuden und Verkaufsständen sollte der Treffpunkt sein, und kaum hatte die Lok den Platz freigegeben, konnten sie eine Gruppe Jungs mit ihren Eltern sehen, die sich im Kreis um jemanden versammelt hatten.

»Ich geh schon mal vor!«

Max sauste los und drängelte sich durch die anderen nach vorne. Er bemerkte nicht, dass jeder von ihnen einem Indianer ähnlicher sah als er. Die meisten hatten schwarze Haare und eine dunklere Haut als er, was nicht besonders schwierig war, keiner trug eine Brille, und niemand war ein bisschen zu dick. Aber das interessierte Max nicht. Es ging doch nicht um Ähnlichkeit, sondern um Sein.

In der Mitte des Kreises stand ein Mann in der etwas angestaubten Uniform eines Soldaten, wie die Bleichgesichter sie früher trugen. Darauf der Adler, der seinen Stand erklärte. Ein Colonel. Er hatte den Rücken durchgedrückt, die Hände dahinter gefaltet, wippte auf seinen Füßen, um größer zu wirken, und hielt einen Vortrag darüber, was hier von den Darstellern erwartet wurde und wie er die Rolle von Winnetous Sohn sah.

»… hier ist ganzer Einsatz gefragt, wer diese Rolle spielen möchte, muss alles andere hintenanstellen.« Er fixierte Max mit seinem sehr strengen Adlerblick und zog unwillig eine Augenbraue hoch. »Regel Nummer eins: Pünktlichkeit!«

»Tut mir leid, Colonel …!« Max hätte sich gerne erklärt, aber der Colonel schüttelte kurz den Kopf und ließ ihn nicht weiterreden.

»General!«

Dann wandte er sich wieder an alle. »Jeden Tag eine Vorstellung und an Sonn- und Feiertagen sogar zwei. Da könnte einem schon mal die Luft ausgehen.« Erhobener, messerscharfer Zeigefinger. »Darf aber nicht! Nix da!«

»Entschuldigung!« Auch Max hatte einen Zeigefinger. »Aber wenn Sie ein General wären, hätten Sie drei Sterne auf der Uniform und nicht den Adler!«

Verwirrt warf der Colonel einen Blick auf seine Schulter, wischte den Einwand aber dann schnell weg.

»Das tut hier nichts zur Sache!« Er war leicht rot angelaufen, und Torsten hätte Max am liebsten ein Zeichen gegeben, lieber den Mund zu halten, aber er stand ganz hinten und konnte den konzentrierten Blick seines Sohnes nicht auf sich ziehen. Und so machte der ungerührt weiter.

»Es ist nicht ganz unwichtig, denn ein Colonel hat

lange nicht so viel zu sagen, der steht mindestens drei Stufen unter dem General und …!«

Jetzt war der Colonel, der so gerne ein General gewesen wäre, knallrot im Gesicht, und seine Worte zischten wie scharfe Messer durch die zusammengebissenen Zähne.

»Wenn der kleine Sioux es freundlicherweise gestatten würde, würde ich jetzt ganz gerne fortfahren!«

»Sju.«

»Bitte?«

»Man spricht das Sju, nicht S-i-o-u-x.« Max winkte freundlich ab. »Ist aber nicht so schlimm, das machen viele falsch.«

Die Umstehenden konnten sich jetzt das Lachen kaum noch verkneifen und der strenge Colonel war kurz davor zu explodieren. Was fiel diesem blassen, dicken Jungen ein, überhaupt hierherzukommen und ihn dann noch vor allen Anwesenden bloßzustellen? »Obwohl der Häuptling heute nicht die Tracht der Sju trägt, sondern die der Apachen vom Stamm der Mescaleros.«

Der Colonel schloss kurz die Augen, wippte ein-, zweimal hoch und runter, dann öffnete er sie wieder.

»Kürzen wir die Sache ab. Alle der Reihe nach im Saloon vorstellen!« Er drehte sich auf dem Absatz um und stolzierte davon. Sofort löste sich der Kreis auf, die Bewerber stellten sich in einer Reihe vor der Saloontür auf, die Eltern dicht an ihrer Seite. Torsten legte einen

Arm um seinen Sohn und klopfte ihm ermutigend auf den Arm.

»Ich glaube, du kriegst das auch ohne mich hin, oder? Ich geh mal da drüben ein Bier trinken!«

»Alles klar, Papa!«

Max strahlte, stellte sich in die Reihe und schaute sich glücklich um. Ja, hier war er richtig. Alles sah aus wie im wilden Westen, alles fühlte sich so an und er passte hierher wie der Indianer in seine Sippe und die wärmende Sonne in die Prärie.

»Die Armen«, dachte er, als er seine Mitbewerber so betrachtete, »sind alle ganz umsonst hierhergekommen!«

Der Colonel saß auf einem thronartigen Stuhl, mitten auf der Bühne, wo sonst die Saloonmädels mit den weiten Röcken und den langen Unterhosen tanzten. Seine mausgraue Assistentin sortierte unten auf einem Tisch hektisch Unterlagen. Der Chef war aber heute auch besonders mies drauf, wobei er selber fand, dass er auch allen Grund dazu hatte.

Was für ein Schlag, die Sache mit Mario. Der Junge war perfekt gewesen, sie hatten alles schon so gut auf dem Kasten gehabt und dann das. Jetzt konnte er wieder von vorne anfangen und diese Castings gehörten sowieso nicht zu seiner Lieblingsbeschäftigung. Langweilig, die meisten untalentiert, und das durfte man ihnen noch nicht mal sagen, weil sonst die kleine Kinderseele … Blödsinn alles, nix da! Und dann war er doch heute Morgen auch ums Verrecken nicht in den linken Stiefel reingekommen. Er hatte gezogen und gezerrt, keine Chance.

Jetzt musste er hier mit seinen schwarzen Herrenschuhen aus diesem Jahrhundert den General geben, ach von wegen, was hatte der aufdringliche Dickling gesagt? COLONEL! Na, dem würde er eins husten, der würde schon noch sehen, was er davon hatte.

Schnaubend musterte er einen Bewerber nach dem anderen, sie bekamen Unterlagen, den Text, den sie lernen mussten, und den Castingtermin. Dann plötzlich ein Lichtblick.

Assistentenmausi rief den nächsten Kandidaten herein und der brachte eine ganz entzückende Mutter mit.

Wenigstens etwas, da könnte er doch dem die Rolle geben, dann würde er diese Zuckerpuppe öfter mal zu Gesicht bekommen. Vielleicht ein Bierchen zusammen …! Der Colonel riss sich zusammen, legte sein charmantestes Wesen an den Tag, und der Junge bekam die Szene, die er lernen sollte, ausgehändigt.

»Ich freue mich sehr darauf, dich beim Casting wiederzusehen«, säuselte er und zwinkerte dabei der schönen Mutter zu.

Als Nächstes betrat Max festen Schrittes den Saloon.

Der Colonel war ganz in Gedanken vertieft und hatte noch nicht aufgeschaut.

Der Häuptling baute sich stolz in seiner Montur vor dem Tischchen von Assistentenmausi auf und legte den würdevollsten Indianerblick an den Tag.

»Max Hellemann!«

Sie notierte eilig, blätterte, sortierte.

Der Colonel schaute hoch und sein Blick verfinsterte sich. Sofort war die reizende Mutter vergessen und die Laune wieder im Keller.

»Ah, unser Westernexperte!« Max nickte. »Und du bist sicher, dass du hier richtig bist?«

»So sicher, wie auf die Nacht der nächste Morgen folgt.«

Mürrisch starrte der Colonel ihn an und eröffnete ihm dann, was er beim Casting alles abzuliefern hatte. Eine seitenlange Szene lernen, perfekt reiten, aus dem Stand auf ein galoppierendes Pferd springen, mit Pfeil und Bogen schießen, schleichen, kämpfen, Lasso werfen und mit Hölzern Feuer machen. »Dann werden wir ja sehen, ob der Morgen folgt!«

Assistentenmausi schaute ungläubig zu ihm hoch. Das war aber ungerecht, die anderen mussten nur ein bisschen was auswendig lernen. Der Colonel schüttelte leicht den Kopf in ihre Richtung. Erstens ging sie das nichts an und zweitens war das seine Sache. Basta!

Max nahm die Unterlagen entgegen und nickte nachdenklich vor sich hin, als er den Castingtermin las.

»Das ist aber ziemlich viel in der kurzen Zeit.«

Der Colonel schaute ihn aus schlitzigen Augen an und seine Mundwinkel zuckten. »Ich denke, das kann man vom Häuptling der Apachen schon verlangen, oder?«

Da hatte er auch wieder recht, fand Max und strahlte ihn an. Er beschloss einfach, sich geehrt zu fühlen.

»Jawohl, mein Colonel!«

Der machte nur noch eine Handbewegung, die eindeutig bedeutete, dass Max auf der Stelle den Saloon verlassen sollte, bekam einen ordentlichen Indianergruß zum Abschied und nahm sich ganz leise für sich vor, die Ausstatterin anzuweisen, ihm diese verfluchten Sterne auf die Uniform zu nähen.

Torsten hatte mittlerweile draußen an seinem Bier genippt. Er dachte über Max und seinen Auftritt nach. Im Prinzip fand er es gut, dass er so ehrlich gewesen war, andererseits hätte man mit diesem furchtbaren Regisseur wahrscheinlich etwas diplomatischer umgehen müssen. Hoffentlich hatte das keine Konsequenzen, es war ja schon so, wie Max aussah, nicht selbstverständlich, seine indianischen Qualitäten zu erkennen.

Plötzlich hatte ihn jemand in die Seite gestoßen.

»Haben Sie den Dicken gesehen?«

Ein als Sheriff verkleideter Wachmann hatte sich zu ihm gestellt und lästerte feixend über Max. »Was manche Leute sich einbilden, ich meine, Alter, das müsste man ihm als Eltern doch auch mal sagen, dass er mit der Figur keine Chance hat!«

Torsten trank sein Bier in einem Zug leer, rutschte von dem Barhocker, schnappte sich die Handschellen vom Gürtel des Sheriffs, ohne dass der es merkte, so vertieft war er in seine Lästerei, und kettete ihn am Hocker fest.

»Hohoho«, lachte der Sheriff noch schadenfroh, »da wird ihm der Chef drinnen ziemlich die Federn zurechtstutzen!«

Torsten tippte sich an den Hut, den er immer trug, und schlenderte davon Richtung Saloon, um Max in Empfang zu nehmen. Vielleicht brauchte er ja Trost. Wider Erwarten kam der ihm aber festen Schrittes und voller Zuversicht entgegen.

»Und? Alles gut gelaufen?«

»Alles perfekt. Ich glaube, er weiß schon, dass ein Indianer in mir steckt! Muss ich aber noch ganz schön trainieren.«

An der Bar merkte der tumbe Sheriff jetzt, dass er an den Hocker gefesselt war, und schrie Torsten wütend hinterher.

»Hey, mach mich los, du spinnst wohl …!«

»Was will der von dir?«

Torsten winkte ab. »Keine Ahnung. Der meint mich nicht!«

6

Morten saß in seinem Zimmer und arbeitete weiter an einer Welt aus Pappe. Nach dem Aufenthalt auf Evis Ranch war er sofort dahin zurückgekehrt und hatte seitdem das Haus nicht mehr verlassen. Nein, er wollte nicht rausgehen. Er baute sich die Welt von draußen innen auf. Alle Häuser, Straßenlaternen, den Kiosk seiner Eltern. Er wollte nie wieder rausgehen. Die Indianerkette, die Max ihm geschenkt hatte, hing an seiner Schreibtischlampe. Gerade schnitt er drei Pappfiguren aus, Mädchen auf Fahrrädern, denen er böse Gesichter malte. Unten ließ er eine kleine Kante übrig, knickte sie um und konnte die drei fiesen Mädchen auf der Straße in der Pappwelt aufstellen. Nein, er würde nicht rausgehen zu denen.

Plötzlich fing die Indianerkette an hin- und herzuschaukeln. Wie aus dem Nichts, einfach so, als gäbe es gerade ein Erdbeben oder irgendeine andere Naturkatastrophe dieser Art. Morten starrte sie an. Drehte sich zum weit geöffneten Fenster, wollte aufstehen, da kam ein

Pfeil mit Gumminoppen vornedran durchs Fenster geflogen, zischte einfach zu ihm herein und blieb auf seiner Stirn kleben.

Langsam stand er auf, ploppte den Pfeil von seiner Stirn, ging ans Fenster und sah Max unten auf der Straße. Er saß auf seinem Fahrrad, das natürlich mit allerlei Indianerkram geschmückt war, eine bescheidene Feder im blonden Haar und feierlich grüßend.

»Der Häuptling grüßt seinen neuen Trainer!«

Okay. Er hatte die Wette wohl gewonnen und durfte tatsächlich an dem Casting teilnehmen.

Ungewöhnlich schnell für seine Verhältnisse flitzte Morten zur Tür, vorbei an den wohlgeordneten Regalen, den Setzkästen mit kleinen Porzellanfigürchen, über die Teppiche mit den gerade gekämmten Fransen, dem ganzen Plüsch und Plunder, den seine Mutter angesammelt hatte, und drückte Max auf.

Obwohl er eigentlich nicht wollte, musste er grinsen.

»Weißt du, wir haben da noch jede Menge zu tun. Grundsätzlich müssen wir etwas an meiner Kondition arbeiten, und dann die Sache mit dem Reiten, auf ein galoppierendes Pferd springen, wow, und Bogenschießen, Mann, die haben ganz schön hohe Anforderungen, aber verstehe ich auch, muss ja dann laufen, wenn da Tausende von Zuschauern sitzen, und ...!«

Max redete ohne Unterlass, als er hinter Morten her zu

seinem Zimmer spazierte, und hörte erst auf, als sie dort angekommen waren. Vollkommen beeindruckt betrachtete er die Katastrophenplakate, die an den Wänden hingen. Ein Vulkanausbruch, vor der Lava fliehende Menschen, ein Flugzeug, das sich in die Erde gebohrt hatte und brannte, eine ganze Stadt in Flammen.

»Meine Lieblingskatastrophen«, erklärte Morten sachlich und lehnte sich an seinen Schreibtisch.

»Hammer, toll, Morten!«

Dann entdeckte er die Pappkartonwelt. »Und was ist das? Hast du das gebaut? Hey, das ist ja die Straße hier vor eurem Haus, ja Wahnsinn, und da sagst du, du machst nichts.« Er schaute sich die fiesen Mädchen aus der Nähe an. »Und wer sind die?«

»Niemand.« Morten verschränkte die Arme.

Max nickte leicht und entdeckte jetzt eine angebrochene Tüte Gummibärchen zwischen den Kartonschnipseln.

»Mmmh, darf ich?«

Morten schnappte sie ihm vor der Nase weg.

»Auf gar keinen Fall, du bist ab heute auf Diät.«

»Ich? Aber…!«

»Hast du schon mal einen Sack Kartoffeln auf ein galoppierendes Pferd springen sehen?«

Max verschränkte die Arme vor der Brust und schob beleidigt die Unterlippe nach vorne.

»Der Häuptling ist geschmeidig wie ein Puma!«

Morten verschränkte die Arme zurück und schaute ihn streng an. »Bin ich dein Trainer, oder nicht? Ich hab da mal was vorbereitet!«

Er zog die Schublade seines Schreibtisches auf und fischte eine Kladde heraus. Darin Diät- und Trainingspläne, ein knallhart ausgetüfteltes Programm, das jedem Spitzensportler den Schweiß auf die Stirn getrieben hätte. Den Angstschweiß wohlgemerkt. Misstrauisch blätterte Max in dem Ordner. Es sah nicht gut aus für ihn, gar nicht gut, aber wenn er Winnetous Sohn werden wollte, musste er sich wohl dem strengen Trainer beugen. Der doch eigentlich ganz sicher gewesen war, Max nie wiedersehen zu müssen und ihn schon gar nicht für das Casting hatte vorbereiten wollen. Dennoch hatte er anscheinend in den letzten Tagen hart daran gearbeitet. Max grinste zufrieden.

»Hier, da steht, es geht erst morgen los!«

Blitzschnell versuchte er, Morten die Gummibärchen aus der Hand zu reißen. Aber der war schneller, versteckte sie hinter seinem Rücken und schüttelte mit sehr schmalen Lippen den Kopf. Max seufzte. Das konnte ja was werden!

Weil Morten meinte, »der frühe Vogel fängt den Wurm!«, und das war keine Indianerweisheit, trafen sie sich am nächsten Tag bei Evi schon um acht. Es hingen noch etwas Nebel und der totale Frieden der vergangenen Nacht über der Ranch.

Verschlafen blinzelte Evi aus ihrem Wohnwagen.

»Was wollt ihr denn schon hier?«, und ließ die Jungs dann einfach machen.

Als Erstes sollte Max zeigen, wie er auf ein laufendes Pferd springen konnte. Er ließ Bronsky gemächlich im Kreis traben, während Morten sich in sicherer Entfernung auf das Gatter setzte und auf einem Klemmbrett Notizen machte.

»Und los!« Max rannte, so schnell er konnte, knallte wie ein nasser Sack gegen das erstaunte Pferd und landete mitten im Dreck.

»Warte, das war nichts! Vielleicht sollte ich es am Anfang besser mit Pinky versuchen!«, rief er seinem Trainer zu, als er sich wieder aufgerappelt hatte, aber der schüttelte nur den Kopf.

»Wir fangen erstmal mit leichtem Konditionstraining an!«

Leichtes Konditionstraining nannte er das? Morten baute einen Parcours vom Feinsten auf. Eine Leiter entlanghangeln, Kurven rennen mit Bollerwagen im Schlepptau, in dem auch noch Bob saß, vollkommen außer Atem mit Pfeil und Bogen schießen, einen pieksigen Weg entlangschleichen, unter Seilen durchrobben, ohne sie zu berühren, zehn Liegestütze und wieder von vorne. Max pfiff aus dem letzten Loch, und als er den Parcours dreimal ziemlich erfolglos durchlaufen hatte, konnte er nicht mehr.

»Ich muss was essen!«

Morten pfiff ein Signal auf seiner Trillerpfeife, die neben der Indianerkette baumelte.

»Pause!«, verkündete er, und dann gab es Würstchen für Morten und Wirsing für Max.

»Das sah doch schon ganz gut aus«, meinte Evi am Feuer, weil sie immer der Meinung war, dass es besser ist, mit Lob zu ermutigen, als alles in den Dreck zu treten. Aber Morten schüttelte den Kopf.

»In der Verfassung wird Max da nicht viel reißen!«

»Vielleicht brauche ich ja auch ein Würstchen, eins wenigstens«, jammerte der, aber Morten blieb härter als das Eisen der Schienen, die das Land des roten Mannes durchzogen.

Jeden Abend fiel Max halbtot ins Bett.

Morten saß bis spät in die Nacht an seinem Schreibtisch, feilte an den Trainingsplänen, passte sie den Fortschritten an, notierte das Gewicht des Häuptlings, rechnete und plante.

Jede Nacht wachte Max vom Knurren seines Magens auf. Dann schlich er in die Küche, öffnete den Kühlschrank und starrte den Vanillepudding an, der langsam sein Verfallsdatum erreichte. Nur den einen! Morten würde es nicht merken! Mama hätte nichts dagegen. Aber er, der Häuptling und zukünftige Sohn Winnetous, wüsste es und könnte sich am nächsten Morgen nicht mehr mit neuer Kraft im Spiegel begrüßen. Nur noch mit schlechtem Gewissen. Also schloss er den Kühlschrank wieder, stark wie der Indianer, der er war.

Und es zahlte sich aus. Es wurde von Tag zu Tag besser. Max schaffte vier Liegestützen, traf mit dem Pfeil immerhin in die richtige Richtung, legte insgesamt ein höheres Tempo vor und schrie nicht mehr bei jedem Steinchen, das seine nackten Fußsohlen beim Schleichen kitzelte.

Höchste Zeit also, jetzt auch die geistigen Fähigkeiten des Häuptlings zu stärken. Die seitenlange Szene.

Morten saß an Händen und Füßen gefesselt auf der Küchentheke und gab den Winnetou. Max, Winnetous Sohn, galoppierte in die Küche, schoss peng, peng, hierhin und dorthin und blieb schließlich vor Morten stehen.

»Vater!« Er tat so, als würde er lässig von dem wunderschönen Rappen springen.

»Mein Sohn!«, las Morten von seinem Klemmbrett ab.

»Der Sohn des großen Häuptlings war in tiefer Sorge.«

»Winnetou hätte auf seinen Sohn hören sollen!«, las Morten weiter. »Das Feuerwasser vergiftet die Herzen der Bleichgesichter und macht sie böse!«

Max schaute Morten ernst an und überlegte.

»Winnetous Sohn weiß, dass … warte mal … was weiß er denn noch mal?«

Morten zog die Augenbrauen hoch, da klingelte es an der Tür.

»Ich geh schon«, flötete Birte aus dem Flur. Seit Stunden rannte sie mal wieder aufgeregt hin und her und bereitete sich auf die Abendschule vor. Dabei hatte sie jedes Mal, wenn sie vorbeikam, ein anderes Kleid an.

»… vergiftet die Herzen der Bleichgesichter und macht sie böse!«, wiederholte Morten, um Max auf die Sprünge zu helfen.

»Okay, okay … der Häuptling weiß …!«

»Max! Nicht der Häuptling. Der spielt ausnahmsweise in dem Stück nicht mit!«

Max' Magen knurrte.

»Wie soll ich mich denn auch konzentrieren? Müssen wir ausgerechnet in der Küche proben?«

»Du musst den Text unter den härtesten Bedingungen voll draufhaben. Stell dir vor, der durchgeknallte General schaut zu.«

»Colonel, er ist bloß ein Colonel!«

Es klopfte an der Küchentür. Birte strahlte durch den Türrahmen und ein Stück hinter ihr stand ein dunkelhäutiger Mann mit Dreitagebart und blitzenden schwarzen Augen, ebenfalls freundlich lächelnd.

»Dürfen wir kurz stören? Das ist George.« Der Mann

nickte zur Begrüßung und Max nickte wohlwollend zurück. »Er ist mein Lehrer in der Abendschule und nimmt mich immer in seinem Auto mit. Nett, nicht?«

»Sehr nett«, bestätigte Max, »der Häuptling dankt dem weißen Mann für seine Hilfe.«

Morten sagte kein Wort. Nickte nicht. Beobachtete nur mit dunklem Blick. Und bevor Max fertig darüber nachgedacht hatte, ob »der weiße Mann« nun der richtige Ausdruck für George gewesen war, zwängte sich der an Birte vorbei und holte etwas hinter seinem Rücken hervor.

»Ich habe schon gehört, dass du die Indianer gerne magst!«

Er reichte Max die längliche Schachtel. »Es ist ein Set zum Feuer anmachen. Ohne Streichhölzer natürlich.«

»Oh, danke schön, das kann ich gut gebrauchen! Schau mal, Morten, das können wir gleich für's Training nehmen!«

Morten reagierte gar nicht und ließ Birte und George nicht aus den Augen. Die lächelten sich an und wussten nicht, was sie noch sagen sollten.

»Okay, wir sind dann mal weg!«, fiel Birte noch ein, und Max hob die Hand zum Gruß. Dann drehte er sich zu Morten.

»Jetzt weiß ich's wieder: Winnetous Sohn weiß, dass sein Vater, der Häuptling der Apachen, ein großer und tapferer Krieger ist!«

Morten nickte nur, löste seine Fesseln und sah durchs Küchenfenster, wie George der ausgelassenen Birte unten die Tür zu seinem schicken Cabrio aufhielt.

7

Am nächsten Morgen stand Morten vor dem Haus und wartete, die Mütze tief ins Gesicht gezogen, auf Max. Dabei ging er den Trainingsplan für den heutigen Tag noch einmal genau durch.

»Morti?« Seine Mutter war wie aus dem Nichts neben ihm aufgetaucht und strahlte ihn an. Morten vertiefte sich wieder in den Plan. »Hier, ich hab noch ein bisschen Proviant für euch!« Sie stopfte ihm eine Tüte Gummibärchen in die Jackentasche. »Wer arbeitet, muss auch essen, stimmt's?« Sie kicherte, und Morten fragte sich ernsthaft, was daran so lustig sein sollte. Davon abgesehen, dass sie doch genau wusste, dass Max auf Diät war. »Also, ich wollte ja auch nur mal sagen, wie froh ich bin – und dein Vater auch – dass du jetzt so einen guten Freund gefunden hast und … also, wir sind ganz sicher, dass ihr das hinkriegt, ganz bestimmt. Morti?« Sie beugte sich zu ihm runter, ihr Gesicht vor seinem, und Morten blieb nichts anderes übrig, als sie anzuschauen.

»Ja, Mama«, knurrte er, und da gab sie sich Gott sei

Dank zufrieden und dackelte ab. Nicht ohne noch mal die Faust in seine Richtung zu ballen, ihr schafft das, wir zählen auf euch, der ganze Mist. Morten seufzte und schaute die Straße hinunter. Wo blieb denn Max? Pünktlichkeit sollte vielleicht auch noch als Trainingseinheit auf die Liste! Zu seinem Entsetzen tauchten statt Max die drei fiesen Fahrradmädels aus seiner Pappwelt auf. Leider in echt, Fleisch und Blut.

Was für ein Mist! Morten überlegte eilig, was er tun sollte. Schnell ins Haus zurück? Zu spät, sie hatten ihn gesehen, und wenn er jetzt einfach abhaute, würde er endgültig nur noch als der totale Feigling durchgehen. Außerdem musste er ja auf Max warten. Finger in die Ohren und summen?

»He, da ist ja unser Fahrradspast!«

Morten starrte in den Boden.

»Und, kannste's endlich?«

»Dafür ist der doch viel zu blöd.«

Mona, Alexa und Paula standen mit ihren Fahrrädern vor ihm und hatten mal wieder nichts Besseres zu tun, als sich über ihn lustig zu machen. Sie dachten, sie wären besonders, toller als andere, nur weil sie Fahrrad fahren konnten. Zu dritt waren. Die mit den bösen Gesichtern.

Morten starrte weiter in den Boden. Bloß nicht darauf reagieren, die waren gar nicht da, nur Luft.

»Vielleicht darf er die nächste Fahrradprüfung ja mit Stützrädern machen!«

»Oder mit dem Laufrädchen!«

Sie lachten sich halb schlapp, und hätte Morten nicht Max erwartet, wäre er jetzt wirklich schnell ins Haus geflüchtet. Feigling hin oder her, er wusste, die ließen nicht locker, wenn sie sich mal auf ihn eingeschossen hatten. Er war ihre Zielscheibe, totale Katastrophe.

»Sag mal, du Honk …«, wollten sie gerade weiter auf ihm herumtrampeln, da kam Max in voller Montur auf seinem Westernbike angerast, legte eine Vollbremsung hin, das Rad schleuderte zur Seite weg und hüllte die Mädchen in eine dicke Staubwolke.

»Hi Morten, alles klar!«

»Alles klar«, knurrte der und setzte sich schnell hinter Max auf den Westernsattel. »Fahr los, du bist zu spät!«

Max trat in die Pedale und drehte sich noch einmal zu den hustenden Mädchen um.

»Was wollten die denn?«

»Nichts!«

»Fahrradspast!«, schrie Alexa ihnen hinterher, dann wendeten sie und fuhren davon.

»Was hat die gesagt?«

»Nichts. Fahr jetzt, Mann!«

Auf halber Strecke zu Evis Ranch ging Max die Puste aus, aber das war schon mindestens ein Kilometer mehr als noch vor einer Woche. Also schob er sein Rad und sie gingen zu Fuß weiter.

»Und? Was haben wir heute so vor?«, wollte Max wissen.

»Wie immer!« Morten war deutlich in sich gekehrt und schlechter Laune.

»Ich freu mich schon, wenn wir dann ein Ding nach dem anderen abhaken können«, redete Max weiter und schielte zu Morten. Der ging schweigend weiter. »Das mit dem Sprung aufs galoppierende Pferd wird noch eine Nummer, aber ich krieg das hin, oder, Morten?«

Morten nickte und starrte beim Gehen auf seine Schuhe.

Max gab sich einen Ruck. Er wusste ja, was seinen Bruder bedrückte, und da war es seine Pflicht zu helfen.

»Es muss dir vor dem Häuptling nicht peinlich sein, dass du nicht Fahrrad fahren kannst.«

Morten ging schneller.

»Hör auf zu quatschen, komm!«

Max ging ebenfalls schneller und holte auf.

»Ich bring's dir bei!« Keine Reaktion. »Echt, das ist babyleicht und dann machen wir alle zusammen eine Fahrradtour. Du, deine Eltern, ich und Mama und Papa.«

Morten blieb stehen und schaute Max wütend an. Warum konnte er nicht einfach den Mund halten?

»Deine Mama wird bestimmt keine Fahrradtour mit deinem Papa machen. Wenn, dann mit George.«

Max starrte ihn an. »Mit George?«

»Klar, das ist ihr Neuer. Checkst du's nicht?«

Morten ging weiter, aber Max folgte ihm nicht, schaute ihm nur vollkommen entgeistert nach.

»Warum sagst du so was?«

»Weil es stimmt.«

Jetzt rannte Max ihm wütend hinterher. »Das stimmt überhaupt nicht. Das würde Mama nie tun!«

Morten blieb stehen und schaute ihn müde an. »Träum weiter!« Dann steckte er seine Hände in die Hosentaschen, bog rechts ab und ging einfach über das Feld davon.

»Nie!«, schrie Max ihm hinterher, und sein Indianerherz pochte bis zum Hals. »Niemals!«

Max stand da, sein Herz wummerte und Morten verschwand hinter dem nächsten Hügel. Wie konnte er nur so etwas behaupten?

Klar, seine Eltern hatten sich getrennt, also Mama von Papa eher, aber deswegen musste sie doch nicht gleich einen Neuen haben, nur weil der sie netterweise im Auto mitnahm. Und dann noch den! Wie kam Morten darauf? Der war doch nichts gegen Torsten, unsichtbar konnte man sagen. Torsten hatte nicht so ein tolles Cabrio und wahrscheinlich auch nicht so viel Geld. Wenn Max es sich recht überlegte, hatte Torsten gar kein Geld. Aber das war ja auch nur jetzt, weil er so traurig war ohne Mama und sich bei seinem Freund Olli verschanzt hatte. Das würde schon wieder werden, ein kleiner, vorübergehender Hänger.

Mama und Papa liebten sich doch. Und Geld war doch nicht alles, schon gar nicht für einen Indianer. Nichts hatte ihnen das Gold bedeutet, für das der weiße Mann alles gegeben hätte.

Aber Mama war kein Indianer.

Max drehte sich auf dem Absatz um. Er würde jetzt zu seinem Vater gehen. Morten konnte ihn mal. Sein Vater würde ihn trainieren, das ging genauso, ach, eigentlich noch viel besser.

Und er konnte sicher sein, dass der zu Hause war. Hat eben auch Vorteile, wenn einer momentan nicht arbeitet, sondern lieber mit seinem Freund rumhängt und die Trennung von der geliebten Frau verdaut.

Sollte er anfangen, über die Liebe nachzudenken? Kann die einfach verfliegen wie die Samen der Pusteblumen, wenn der Wind sie über die Prärie davonträgt? Wohl eher nicht! Es konnte vielleicht sein, dass man es eine Zeit lang dachte, aber dann fiel sie einem wieder ein, die Liebe, wegen der man geheiratet und einen Sohn bekommen hatte. Mama brauchte nur eine Pause, musste ein bisschen nachdenken, und Papa sollte sich erinnern, dass er ein Indianer war, der alles ändern konnte. Alles!

An dieser Stelle hörte Max lieber wieder auf, über die Liebe nachzudenken. Er kannte sich damit nicht aus, war ihm auch eigentlich viel zu kitschig. Nein, er wusste nichts darüber, nur das eine war ihm klar: Mama und

Papa gehörten zusammen und das würde ihnen schon wieder auffallen.

George? Wer war George?

Die Klingel für Ollis Hinterhofbehausung hing lose an einem Kabel, und man konnte nie sicher sein, ob sie überhaupt einen Ton von sich gab. Max drückte, lauschte. Nichts. Er drückte noch mal. Irgendwann würde sein Vater ihn schon hören. Seit einem halben Jahr wohnte er jetzt schon hier. Eigentlich sollte es nur ein Übergang sein, Olli hatte nur ein schrabbeliges Sofa und nicht mal eine zweite Bettdecke, aber Torsten war ja im Grunde seiner Seele ein Indianer und denen machte so etwas bekanntlich nichts. Max drückte sein Ohr an die Tür. Waren das Schritte? Vorsichtshalber klingelte er noch einmal, da öffnete sein Vater das schwere Eisentor.

»Dafür, dass Sie so lange gebraucht haben, sind Sie jetzt aber …« Er stockte und schaute Max erstaunt an. »Oh, du bist's, ich dachte, der Pizzamann!« Er fuhr sich durch die Haare, die er deutlich seit Längerem weder gekämmt noch gewaschen hatte, und versteckte die Bierflasche in der anderen Hand hinter seinem Rücken.

Max schaute ihn durchdringend an.

»Du musst mich trainieren.«

»Ich? Jetzt?« Torsten drehte sich in den Hinterhof. »Das ist ganz schlecht jetzt, Olli und ich komponieren gerade.«

Aus der Erdgeschosswohnung von Olli drangen deutlich Geräusche von irgendeinem Computerspiel. Max sog die Luft ein, die ihm irgendwie dünner schien als sonst.

»Du hast es versprochen, Papa!«

»Was ist denn mit deinem … wie hieß er noch …!«

»Papa, bitte!«

In diesem Moment kam Olli aus der Wohnung geschlurft. Die fettige Trainingshose beulte sich an den Knien aus, und das Unterhemd, das seinen hageren Körper umschlackerte, hatte auch schon bessere Tage gesehen. Er wedelte mit einem Controller.

»Was ist denn jetzt, Alter?« Erst jetzt entdeckte er Max, versuchte sich würdevoll hinzustellen, schwankte aber leicht und startete den verunglückten Versuch eines indianischen Grußes. »Oh, der Häuptling!«

Max schnaubte verächtlich, drehte sich auf dem Absatz um und ging.

»Max, jetzt warte doch mal …«, rief Torsten ihm noch halbherzig hinterher, dann ließ er sich an den Türrahmen fallen und seufzte. Das war jetzt irgendwie deutlich blöd gelaufen.

Als Max auf seinem Fahrrad zu Hause ankam, hatte er einen Entschluss gefasst. Bloß weil auf einmal alle durchdrehten, würde er sich nicht aus der Ruhe bringen lassen. Er war der Häuptling und wollte Winnetous Sohn werden. Er würde sein Ziel nicht aus den Augen verlieren!

»Na, wie war's?« Birte lümmelte auf dem Sofa und lernte Englischvokabeln. »Kommt ihr voran?«

»Geht so«, log Max. Er hatte wirklich nicht die geringste Lust, über den Streit mit Morten zu reden, schon gar nicht, worum es ging, und überhaupt nicht, dass er bei Papa gewesen war. »Und du?« Er schaute sie prüfend an. »Mit Englisch und so, meine ich!«

»Ja. Geht gut«, sagte Birte ein bisschen zu hastig, und Max verdrückte sich in sein Zimmer.

Wenn er jetzt schon alles alleine machen musste, sollte er sich wohl ranhalten.

8

Gewohnt früh und wie Morten es immer angesagt hatte, saß er am nächsten Tag auf Bronsky und drehte seine Runden auf der großen Koppel. Einen Köcher mit selbst geschnitzten Pfeilen geschultert und den Bogen im Anschlag, war Max wild entschlossen. Evi stand mit den leeren Futtereimern am Gatter und schaute ihm zu.

»Das sieht sehr gleichmäßig aus, versuch es!«, machte sie ihm Mut, und Max zog einen Pfeil aus dem Köcher, fädelte ihn in den Bogen und zielte, während Bronsky gemächlich weitertrabte. Gar nicht so einfach. Max kniff ein Auge zu, die Zielscheibe fest im Blick, zog den Pfeil noch weiter zurück und schoss. Er sauste in hohem Bogen daneben.

»Ach Mist, das schaffe ich nie!«

Evi lief los, sammelte den Pfeil ein und brachte ihn Max zurück. »Der Häuptling wird das hinkriegen, so sicher, wie jeden Morgen die Sonne aufgeht!«

Max ließ Bronsky zum Stehen kommen und schaute Evi verzagt an.

»Woher willst du das wissen?«

»Das sieht man. Du bist einfach nicht locker genug!«, ertönte da eine tiefe Stimme, und die kannte Max nur zu gut.

»Papa!« Er sprang von Bronskys Rücken und rannte seinem Vater in die Arme. Er war doch da. Er hatte es sich anders überlegt. Sein Papa eben.

»Na Häuptling, ich glaube, wir üben das erst mal auf dem Boden. So wie früher!«

»Okay los, da ist die Zielscheibe!« Max strahlte übers ganze Gesicht. Er war so glücklich, dass sich selbst Evi ein Grinsen nicht verkneifen konnte. Wie gut, dass Torsten gekommen war.

»Also, weißt du noch, wie es ging? Stell dich hierhin, so, und jetzt fühl deinen Körper. Du stehst mit beiden Füßen fest auf der Erde. Das Zentrum ist im Bauch, hier ist deine Mitte. Atme, atme tief ein und aus.«

Max tat genau das, was sein Vater ihm sagte. Er schloss die Augen, sog die Luft durch die Nase ein und pustete sie durch den Mund wieder nach draußen. Er fühlte seinen Bauch, er fühlte die Erde unter seinen Füßen, und er fühlte, dass nichts mehr ihn aus dem Gleichgewicht bringen konnte, auch weil Papa ganz nah hinter ihm stand und leise auf ihn einsprach.

»So, und jetzt Pfeil und Bogen!« Max öffnete die Augen, legte das indianische Schussgerät professionell an und zielte. »Du bist ganz ruhig, tief in deiner Mitte, nichts interessiert dich, nur dein Ziel!«

Jetzt sah er nur noch den Mittelkreis, alles andere, die ganze Welt um ihn herum war unscharf und unwichtig. »Jetzt!«

Max ließ los und der Pfeil schoss kerzengerade genau in die Mitte der Zielscheibe.

»Jaaa!«, schrie Max und riss die Faust in die Luft. Torsten nickte zufrieden.

»Geht doch! Gleich noch mal!«

»Na bitte, du kannst das!« Evi kam, einen langen Balken hinter sich herziehend, vorbei. Sie schnaufte vor Anstrengung. »Man muss nur an sich glauben!«

Torsten ließ sofort alles stehen und liegen und eilte zu ihr. »Warte, ich helfe dir!«

»Nee, lass mal, ich schaffe das schon alleine.«

Er grinste sie an. »Glaube ich dir, aber zu zweit geht es leichter!« Er schnappte sich das andere Ende des Balkens, und Evi blieb nichts anderes übrig, als sich helfen zu lassen.

»Ich baue noch mehr Sitzgelegenheiten um das Lagerfeuer auf. Gibt eine kleine Party heute Abend!«

»Jaaa!«, schrie Max, und als die beiden sich umdrehten, hatte er schon wieder in die Mitte getroffen.

Birte stand vor dem Spiegel und gab sich den letzten Schliff. Sie war zufrieden mit dem, was sie sah, und freute sich auf einen Kinoabend mit George. Es war ziemlich sicher, dass sie von dem Film nicht besonders viel mitbekommen würde. Ihr Handy klingelte, und während sie dranging, zog sie sich noch einmal die Lippen nach, dunkelrot.

»Hey Großer, wo steckst du?«

Max balancierte über die Balken, die Evi und Torsten als Bänke um die Feuerstelle aufgebaut hatten.

»Bei Evi. Heute Abend ist hier Party und Papa und ich sind auch eingeladen.« Er schaute zufrieden auf das Ergebnis langer Arbeit. Alles war mit Traumfängern, Federn und Lederbändern geschmückt. Das Feuer brannte schon, und Papa und Evi versuchten gerade, das Fass mit dem Bier anzustechen. Aus einem Kassettenrekorder tönte Westernmusik über den Platz, in den Büschen und Bäumen hingen Lichterketten für später, und Bob wich ihm nicht von der Seite, in der Hoffnung, den Grillmeister erwischt zu haben. »Ist das okay?«

Birte schaute auf die Uhr, korrigierte mit einem Wattestäbchen den Lidstrich und nickte.

»Ja klar.«

»Ich hab so gedacht, du könntest vielleicht auch kommen. Papa hat mich heute im Training total nach vorne gebracht, das muss ich dir unbedingt zeigen, und überhaupt, wäre doch schön, oder?« Birte zog die Stirn in Falten.

»Ja, sicher, aber … also eigentlich bin ich schon verabredet.«

Es war kurz still.

»Ach so. Und was machst du?«

»Ich gehe ins Kino … das ist jetzt schon fest vereinbart.«

»Ja, okay.« Dann war es wieder still, und keiner von beiden wusste so richtig, was er sagen sollte.

»Kiki freut sich so darauf«, log Birte schließlich, und Max klang erleichtert, als er antwortete.

»Dann bring sie doch mit! Ins Kino kann man immer gehen, aber so eine Westernparty gibt's nicht alle Tage. Bitte, Mama!«

In diesem Moment schaffte Torsten es endlich, den Hahn in das Fass zu schlagen, wobei sich eine Fontäne Bier über ihn und Evi ergoss und beide kreischend zur Seite sprangen.

Birte zog ein Abschminktuch aus der Box und wischte sich den Lippenstift ab. Sie schnalzte unwillig mit der Zunge. Da konnte sie jetzt schlecht nein sagen.

Die Party war schon in vollem Gange, die Gäste saßen ums Feuer und unterhielten sich, Torsten lief hin und her, kümmerte sich darum, dass das Bier nicht ausging, und Evi grillte strahlend Würstchen.

Max saß, Pfeil und Bogen geschultert, auf Mortens Holzklotz und wartete. Ach, Morten würde schon sehen, dass er nicht recht hatte. Er war wütend gewesen wegen der Fahrradsache, schon klar, aber da konnte ja jetzt Max nichts dafür. Und seine Mutter schon gar nicht. Sollte er doch in seiner Pappwelt versauern.

Endlich, endlich bog Mama um die Ecke. Schick war sie und stöckelte mit ihren hohen Stiefeln auf den Platz zu.

»Mama!« Max rannte ihr entgegen und schnappte sich ihre Hand. »Komm, es hat schon angefangen, und ich muss dir unbedingt zeigen, was ich heute gelernt habe. Also, eigentlich konnte ich es ja schon, hab's nur vergessen, aber Papa hat mich wieder erinnert!« Er zog Birte zum Lagerfeuer hinter sich her und redete wie der Wasserfall, der das Land des roten Mannes durchpflügt. Torsten stand versteinert mit zwei Bier in der Hand da und lächelte seine Frau schief an.

»Hey!«

»Hey!« Birtes Stimme klang ein bisschen rau, und Max konnte sehen, dass ihr Blick hierhin und dorthin flog, aber nicht bei den Augen seines Vaters stehen blieb. »Schön habt ihr es hier!« Torsten nickte leicht und hielt ihr ein Bier hin.

»Du siehst gut aus!«

Birte lehnte ab. »Lass mal, ich kann eh nicht so lang ...!«

»Los Mama, ein Bier kannst du schon trinken«, mischte Max sich ein. »Kommt mit!« Er zog seine Eltern hinter sich her, stellte sie nebeneinander in der Nähe der Zielscheibe auf und sich selbst in Position. »Also pass auf, Mama. Man muss ganz in seiner Mitte sein, die ist hier, im Bauch!«

Torsten musterte seine Frau von oben bis unten und grinste.

»Mit den Stiefeln kommst du aber hier bei uns im Wilden Westen nicht weit!«

»Geht schon!« Birte verschränkte die Arme vor der Brust, das Bier in einer Hand, den Blick auf Max gerichtet.

»Achtung … jetzt!« Max ließ den im Bogen gespannten Pfeil los und traf genau in die Mitte. »Jaaa! Hast du das gesehen? Das klappt jetzt immer, da gibt es keine Ausnahme!«

»Super, mein Großer, echt toll!« Birte nahm Max in den Arm, und Torsten schlug vor, sich einen Platz am Feuer zu suchen.

»Gerne!« Birte schaute auf die Uhr. »Aber wie gesagt, so richtig lange … kann ich nicht bleiben!«

Tat sie dann doch. Vielleicht lag es an den vielen Sternen, dem knisternden Feuer, dem doch noch zweiten und dann dritten Bier, vielleicht aber auch an Papa. Dachte Max und saß selig lächelnd zwischen seinen Eltern. Torsten hatte eine Gitarre aufgetrieben und spielte all die alten Lieder, die sie so oft zusammen gesungen hatten. Die sie wirklich gut zusammen singen konnten, Mama und Papa.

Evi hatte sich ziemlich schnell in ihren Wohnwagen

verabschiedet. Sie musste noch Buchhaltung machen, hatte sie gesagt und dabei ziemlich unglücklich ausgesehen. Aber Torsten hatte ihr versprochen, sich um alles zu kümmern, und vielleicht wollte er sie damit trösten, wegen der blöden Buchhaltung und so, aber glücklicher sah sie trotzdem nicht aus. Als Birte und Torsten mit einem romantischen Duett fertig waren, klatschten alle begeistert, und Max entschied, dass hier und jetzt genau der richtige Zeitpunkt für seine Friedenspfeife gekommen war. Feierlich zog er sie aus dem Lederbeutel und reichte sie Torsten. Der zog die Stirn in Falten, schaute Birte fragend an, und die nickte, meinetwegen. Und so kam es, dass Birte und Torsten, also Mama und Papa, unter dem sehr zufriedenen Blick ihres Sohnes, des Häuptlings, und bestrahlt von den Sternen einer lauen Sommernacht, die Friedenspfeife rauchten.

9

Der nächste Morgen war ein Sonntagmorgen. Leise schlich Max im Trainingsanzug zu seiner Mutter ins Zimmer. Sie schlief noch tief und fest, die Augen schwarz verschmiert, weil sie am Abend vorher keine Lust mehr gehabt hatte, sich abzuschminken.

Max balancierte ein liebevoll gefülltes Frühstückstablett vor sich her. Croissants, die Mama so gerne mochte, frisch duftender Kaffee und eine Kerze. Vorsichtig stellte er es auf dem Nachttisch ab, beugte sich zu Birtes Ohr und blies ein leises Indianergeheul hinein.

»Aufwachen, kleine Nachtigall!«

Birte runzelte die Stirn im Schlaf und wälzte sich auf die andere Seite.

»Es ist doch noch viel zu früh«, murmelte sie, aber Max schüttelte den Kopf und klopfte ihr auf die Schulter.

»Es ist nie zu früh!« Murrend drehte sich seine Mutter wieder zurück und klappte die müden Augen auf.

»Oh!« Sie hatte das Frühstückstablett gesehen. »Habe ich Geburtstag?«

Max strahlte. »Nö, so wie früher eben!«

Es war eine von Papas Spezialitäten gewesen, als sie noch zusammen lebten, seiner Nachtigall sonntagmorgens Frühstück zu zaubern. Birte stützte den Kopf auf und lächelte ihn an.

»Das ist aber lieb!« Sie fingerte nach dem Kaffee.

»War sehr schön gestern«, fand Max und half ihr.

Birte blies in den Kaffee, schaute ihn an und hatte sofort ein schlechtes Gewissen. Natürlich hatte der Abend Hoffnungen in ihm geweckt und das war nicht fair von ihr.

»Ja, schon, mein Großer, es ist nur …!«

In diesem Moment ertönte von draußen der Käuzchenruf. Max sprang auf und sauste zum Fenster.

»Da ist Papa.« Er winkte seinem Vater, der frisch geduscht an seinem Auto lehnte. »Er will mir heute beibringen, wie man auf ein galoppierendes Pferd springt. An einem geheimen Ort. Ich bin schon so gespannt!« Er warf seiner Mutter eine Kusshand zu und war auf und davon. Nachdenklich schaute sie ihm hinterher und nahm dann seufzend einen Schluck Kaffee. Es war ihr nicht recht, dass Torsten plötzlich wieder so nah war. Wo steckte eigentlich dieser Morten?

Er saß noch im Schlafanzug in seinem Zimmer und betrachtete mürrisch sein Werk. Evis Ranch aus Pappe, der Stall, das Tipi, die Weiden mit den Pferden, der

Wohnwagen und das Schild im Wind. Alles perfekt nachgebaut. Auch diese Außenwelt hatte er jetzt nach innen verlegt. Evi auf Iltschi, Max und Bob daneben.

Die Indianerkette hing wieder an der Lampe und wurde keines Blickes mehr gewürdigt.

Es klopfte, und seine Mutter kam herein, obwohl er das nicht gesagt hatte.

»Morti, willst du dich nicht anziehen? Du musst doch bestimmt gleich mal los? Wegen Max und so, meine ich?«

Morten schaute auf seine Welt und schüttelte nur den Kopf. Die Mutter setzte sofort eine sehr besorgte Miene auf, trat ein und schloss die Tür hinter sich. »Habt ihr euch gestritten? Ist irgendetwas vorgefallen? Du kannst mir das ruhig erzählen, Morti, vielleicht kann ich dir ja helfen? Weißt du ...!«

Morten steckte sich die Finger in die Ohren und summte einen Ton. Die Mutter seufzte. Ging das jetzt alles wieder von vorne los? »Morti? Morten!«

Er summte weiter, da beschloss sie es doch lieber später noch mal zu versuchen und ließ ihn allein. Morten nahm die Finger aus den Ohren und starrte auf seinen dicken Exfreund aus Pappe. Warum hatte er überhaupt auftauchen müssen, wenn er die Wahrheit nicht vertrug? Das Leben bestand aus Unfällen und Katastrophen und Max war eine davon. Seit er da war, machte die Pappwelt Morten weniger glücklich. Verdammt! Er schnippte die Figur um und stand auf.

Torsten fuhr durch die Stadt, und Max konnte absolut nicht sehen, wohin, weil er ihm die Augen verbunden hatte.

»Überraschung!«

Max war es eigentlich egal, ob er etwas sah oder nicht, in diesem Fall zumindest. Er lauschte dem tuckernden Geräusch von Papas altem Auto, genoss es, von ihm durch die Gegend kutschiert zu werden, und liebte es, dass er gut gelaunt vor sich hinsummte. Schließlich hielt er mit einem letzten Schwung an, half Max aus dem Auto und löste mit großem Tatarata den Knoten des Tuches.

Max sah: eine Schule.

»Ich hab einen Bekannten und von dessen Freund der Cousin ist der Hausmeister hier. Wir haben die Turnhalle ganz allein für uns!« Kaum waren sie drin, schleppte Torsten ein Turnpferd aus dem Geräteraum und legte mit tatkräftiger Hilfe von Max Matten außen rum.

»Das bewegt sich zwar nicht, aber wichtig ist ja erstmal, dass du überhaupt draufkommst!« Torsten war bester Laune und wild entschlossen, es der Welt zu zeigen. Birte würde schon sehen, zu was er fähig war. Seit gestern wusste er, dass noch nicht alles verloren war. Er konnte sie zurückgewinnen.

»Da würde Mama aber Augen machen, wenn sie das sehen könnte!« Max nahm die Hand seines Vaters und strahlte ihn an. »Du kannst alles ändern, das habe ich schon immer gewusst! Du bist ein Indianer!«

»Howgh, mein Sohn hat gut gesprochen!«

Sie wussten ja nicht, dass genau diese Mama und Birte und Kleine Nachtigall im selben Moment, in dem sie die Geräte aufbauten und mit dem Training begannen, die Wohnung auf Vordermann brachte. Sie hatte ein Rendez-vous mit George, der gestern auf den Kinobesuch und ihre strahlenden Augen hatte verzichten müssen. Hektisch brachte sie alles auf Hochglanz, inklusive sich selbst, sang leise vor sich hin und freute sich auf einen Nachmittag mit diesem wundervollen Mann, mit dem sie nach dem Desaster mit Torsten überhaupt nicht gerechnet hatte. Sie konnte es kaum erwarten, hielt Ausschau nach dem schicken Cabriolet mit dem schicken Typen darin, da ertönte ein Pling von ihrem Handy. Hoffentlich keine Absage!

Es war ein Film von Torsten. Zu sehen eine leere Turnhalle, in der Mitte ein Pferd aufgebaut.

»Achtung, Achtung! Hier kommt die absolute Weltpremiere nur für Kleine Nachtigall! Der einzigartige Häuptling und sein Sprung auf das galoppierende Pferd!«

Jetzt kam Torsten ins Bild, schickte einen Indianergruß in ihre Richtung, lächelte dabei so, wie sie es immer gerne gemocht hatte, und zog dann das Pferd so schnell er konnte und ächzend und schnaubend durch die Turnhalle. »Achtung, jetzt!«

Max kam ins Bild gerannt, verfolgte das Pferd, schwang sich darauf und beide rissen die Arme in die Luft. Das Bild fror ein, und Birte erwischte sich dabei, dass sie lächelte. Mit der Zunge schnalzend, warf sie das Handy aufs Sofa und sah genau in diesem Moment George vorfahren. Sie beobachtete ihn, wie er aus dem Auto stieg und dabei unheimlich gut aussah. Als hätte er es bemerkt, schaute er zu ihr hoch und lächelte sie strahlend an.

Torsten und Max lagen nebeneinander auf einer Turnmatte und waren platt wie die Fische, die sich in den klaren Bächen des Roten Mannes im Sand versteckten.

»Hast du gut gemacht, Häuptling!«

»Howgh!«

Torsten kontrollierte sein Handy, sah, dass Birte nicht geantwortet hatte, und rappelte sich hoch.

»Komm, ich fahr dich nach Hause! Das nächste Mal üben wir das am lebenden Objekt sozusagen!«

»Wir könnten noch die Szene probieren!«, schlug Max im Auto vor. Wegen der Szene natürlich, aber auch damit Mama und Papa vielleicht noch eine Tasse Kaffee trinken würden. Aber Torsten schüttelte den Kopf.

»Ich hab noch was zu tun!«

»Was denn?«

Torsten bremste hinter Georges Cabrio vor dem Haus und zog bewundernd die Augenbrauen hoch.

»Wow, wer fährt denn hier seit Neuestem so eine schicke Karre?«

Max zuckte mit den Schultern.

»Willst du wirklich nicht?« Er deutete mit dem Daumen Richtung oben. Torsten schüttelte den Kopf und zwinkerte ihm zu.

»Ich hab da noch eine kleine Überraschung für die Nachtigall, wirst schon sehen!« Max grinste. »Du weißt doch, selbst der tosendste Fluss kann einen Indianer nicht aufhalten! Aber pssst!«

»Der Häuptling schweigt wie das Grab eines alten Medizinmannes!« Er stieg aus, schlug die Tür zu, Indianergruß und ab.

»Hey!« Torsten hatte das Fenster runtergekurbelt und grinste ihn an. »Kannst ja schleichen üben und der Kleinen Nachtigall einen kleinen Schrecken einjagen!«

Max grinste zurück. Gute Idee! Also schlich er die Treppe hinauf, lautlos, den Bodenbelag stets im Blick, schob leise, leise den Schlüssel ins Schlüsselloch, drehte ihn um, öffnete geräuschlos die Tür und drückte sie wieder zu. Aus dem Wohnzimmer wehte klassische Musik zu ihm herüber.

Vorsichtig schlich er an der Küche vorbei, nahm die Klinke in die Hand, hielt die Luft an und sprang dann mit lautem Indianergeheul ins Wohnzimmer. Zum Angriff!

Erschrocken sprang Birte aus den Armen von George von der Couch hoch.

»Max, bist du verrückt?«

Eilig versuchte sie ihre verwuschelten Haare zu ordnen, die Wangen leicht gerötet und George räusperte sich und ordnete sein Hemd in die Hose.

Max stand nur da. Sein Herz zu Stein geworden, der Schreck in allen Gliedern. Was machten die da? Warum knutschte dieser Typ mit seiner Mama auf der Couch herum? Gestern hatte sie doch noch gesungen und mit Papa die Friedenspfeife geraucht. Das konnte doch nicht wahr sein.

Er gab einen kurzen Laut von sich wie das Stöhnen des Roten Mannes, wenn das Messer des Weißen ihm direkt in die Brust fährt, drehte sich auf dem Absatz um und rannte davon.

»Max, warte!«, rief Birte ihm hinterher, aber das tat er natürlich nicht. »Max, lass uns reden!«

Worüber denn? Da gab es nichts zu reden. Was für ein elender Betrug! Er rannte und rannte, bis zu dem kleinen Spielplatz, wo er früher oft gewesen war. Entweder mit Mama oder Papa, manchmal auch mit beiden. Der Spielplatz, an dem Papa ihn endgültig zum Indianer gemacht und Mama währenddessen zu Hause Pfannkuchen, sein Lieblingsessen, vorbereitet hatte. Jetzt lag sie auf dem Sofa und knutschte mit einem Mann, der Cabrio fuhr. Dachte sie, das wäre besser? Besser als Papa, der gerade beschlossen hatte, seine Nachtigall zurückzugewinnen, weil sie ihn so angesehen, weil sie das Lied mit ihm gesungen und die Friedenspfeife geraucht hatte. Er ließ sich auf eine der rostigen Schaukeln fallen, hatte aber nicht die Kraft, sie wirklich in Bewegung zu setzen. Also schwang er ein bisschen hin und her, ließ die Füße im Staub baumeln und hinterließ Spuren damit.

»Hey, da bist du ja!« Birte war außer Atem und setzte sich auf die Schaukel neben ihn. Max sagte nichts und schaute weiter in den Staub.

»Max, ich weiß, ich hätte es dir eher sagen sollen.« Stille. »Für mich ist das auch alles nicht so einfach.«

Max stellte die Füße auf und hielt die Schaukel an. Was war nicht einfach? Auf dem Sofa herumzuknutschen?

»Ich wusste doch selber nicht, ob das mit George wirklich etwas wird, und da wollte ich dich nicht beunruhigen. Mir ist klar, wie sehr du an deinem Vater hängst und …!«

Max stand auf und schaute seine Mutter mit der Verachtung an, die nur ein echter Indianer in seinen Blick legen kann und die dem Gegner das Herz in der Brust gefrieren lässt.

»Die weiße Squaw spricht mit gespaltener Zunge!«

Er ging davon und Birte schaute ihm unglücklich hinterher. Warum war nur alles so schwierig?

Genau diesen Gedanken hatte Morten auch, als er zum vierten Mal den Versuch machte, sich auf seinem blöden Fahrrad zu halten. Er hatte beschlossen, dem Missstand ein Ende zu bereiten und es endlich zu lernen. Dann würden die blöden Mädels ihm nichts mehr anhaben können und auch Max könnte nicht mehr so doof daherreden. Ich bringe es dir bei. Es ist babyleicht. War es eben nicht.

Zum vierten Mal verlor er das Gleichgewicht und fiel ungebremst mit seinem Fahrrad in die Altpapiertonnen. Grundsätzlich wäre das nicht so schlimm gewesen, er hatte sich abgesichert. Knie- und Schulterschoner, Helm, das T-Shirt ausgepolstert, es konnte nicht wirklich etwas passieren. Aber er kam auch nicht weiter. War es möglich, dass er der einzige Mensch auf der Welt war, der nicht Fahrradfahren lernen konnte? Ein angeborener Fehler in ihm sozusagen, ein grausiges, unabwendbares Schicksal?

Natürlich, das Ding war zu klein für ihn, immerhin stand es seit einem Jahr in der hintersten Ecke der Garage, damit Morten es noch nicht einmal sehen, geschweige denn darauf fahren musste. Allein es da rauszuziehen, war ein riesiger Aufwand gewesen. Es zu fahren ging gar nicht. Gerade wollte er sich aufrappeln, die Zähne zusammenbeißen und den nächsten Versuch starten, da ertönte Monas Stimme.

»Geile Nummer, Morten!«

»Du solltest Stuntman werden!«

»Oder Clown!«

Alle drei waren sie wieder da und freuten sich diebisch, ihn bei dieser Aktion zu erwischen. Sie lachten sich halb schlapp.

Morten wäre am liebsten im Erdboden versunken. Wie sollte er hier jetzt einigermaßen würdevoll rauskommen?

»Hast du dir wehgetan?«, säuselte Alexa.

»Hey, lasst Morten in Ruhe!«

Wie der große Retter in der genau richtigen Sekunde kam Max auf seinem Westernbike angebrettert und bremste so haarscharf vor den fiesen Mädchen, dass ihr Lachen in Kreischen überging.

»Hey, du spinnst wohl!«, schnauzte Alexa ihn an. Dann musste sie grinsen. Max war in kompletter Indianermontur, den großen Kopfschmuck des Häuptlings auf dem Kopf. »Wie sieht der denn aus?«

»Ein bekloppter Indianer und ein Fahrradspast, na, das passt!«, ätzte Paula.

Max stellte vollkommen ungerührt sein Fahrrad ab, ging zu Morten und reichte ihm die Hand, damit er unter seinem Fahrrad und endlich auch zwischen den Mülltonnen herauskam.

»Fahrrad fahren kann jeder!«, sagte er verächtlich.

Morten klopfte sich die Klamotten ab.

»Außer Morten!«, grinste Alexa.

Max schaute sie ganz ruhig an.

»Dafür ist er schlau wie ein Wiesel, stolz wie der Adler am Himmel und unerschrocken wie ein Kaninchen, das seine Jungen gegen den Adler verteidigt.«

Den Mädchen stand einen Moment der Mund offen. Was redete der den für einen Müll daher? Dann fingen sie an loszuprusten, während sie ihre Fahrräder in Bewegung setzten und zumindest endlich abhauten.

»Unerschrocken wie ein Kaninchen ...!«

»Morten!«

»Der gerade!«

Morten schaute Max an.

»Danke«, sagte er leise. Max nickte und wusste nicht genau, wie er das jetzt sagen sollte, was er sagen wollte.

»Du hattest recht.«

»Mit was?«

»Mit George! Ich hätte dir glauben sollen!«

Morten winkte ab. »Ist okay. Wird aber nicht so einfach für deinen Vater, oder?«

Max nickte traurig, und Morten klopfte ihm auf die Schulter, obwohl Trösten jetzt nicht eine seiner herausragenden Fähigkeiten war. »Der Weg über den Schmerz führt zur Weisheit!«

Max zog erstaunt die Augenbrauen hoch. »Welcher Indianer hat das gesagt?«

Morten grinste. »Keiner. Das ist ein original Morten!«

Max grinste ein bisschen schief zurück, dann schaute er an seinem Freund vorbei in die Ferne.

»Noch ist die Sonne nicht untergegangen!«

10

Am nächsten Tag hatte Max zwei Trainer.

Morten saß wieder mit seinem Klemmbrett auf dem Gatter und brachte die Trainingsergebnisse auf den neuesten Stand. Torsten war mehr dafür zuständig, sich um die Mitte seines Sohnes zu kümmern: immer schön selbstbewusst bleiben, nie aufgeben, keine Zweifel.

Heute wollten sie versuchen, das, was sie in der Turnhalle geübt hatten, in die Wirklichkeit umzusetzen. Am echten Pferd sozusagen. Evi brachte Susi, ein mittelgroßes Pony.

»Man muss ja nicht gleich mit Bronsky anfangen, da komme ich ja schon kaum hoch!«, erklärte sie.

Max klopfte dem Pony den Hals und redete ihm gut zu.

»Wir beide schaffen das schon, ja, gute Susi!«

»Hör mal, Evi, hier muss aber dringend was gemacht werden!« Torsten zeigte auf eine angebrochene Gatterstange. »Hast du irgendwo einen Hammer?«

»Lass mal, ich kümmere mich darum«, wehrte Evi ab und marschierte davon.

Torsten schaute ihr gedankenverloren nach. Musste diese Frau wirklich alles alleine schaffen? Wem wollte sie was beweisen? Aber was sollte er tun? Wer nicht will, der hat schon.

Also wandte er sich wieder seinem Sohn zu, der das Pony mittlerweile in den Trab gebracht hatte. Es lief gleichmäßig auf der Weide im Kreis.

»Okay, Max, dann leg mal los. So wie wir es gestern geübt haben.«

Morten legte die Stirn in Falten und war deutlich froh darüber, dass er jetzt nicht in den Mokassins des Häuptlings gehen musste. Max ging in Startposition, wartete, bis Susi an einer bestimmten Stelle war, und lief los. So schnell wie möglich, viel Schwung, das war das A und O.

»Ja, Max, sehr gut!«, schrie Torsten und heulte wie ein Indianer, um ihn anzufeuern.

Und Max erreichte Susi zum richtigen Zeitpunkt. Er bekam auch den Sattel zu fassen. Doch dann verließen ihn die Kräfte.

Er versuchte alles, um sich hochzuziehen, aber es war einfach anders als bei einem stillstehenden Gegenstand, Susi müsste stehen bleiben ... Max landete mitten im Matsch, und ein lautes Krrrrk ließ ihn vermuten, was sich später bestätigte.

Seine geliebte Wildlederhose hatte einen tiefen Riss.

Am frühen Abend saß er bei Papa und Olli auf dem schmuddeligen Sofa. Papas Pyjamahose war viel zu groß, aber besser als keine Hose. Torsten stand in der Küche, die eigentlich auch das Wohnzimmer und das Schlafzimmer war, alles eins, und untersuchte die Lederhose.

»Na ja, das musste ja auch irgendwann passieren, die hast du doch schon ewig.«

»Eben! Die Lederhose eines Indianers sollte ewig halten!«

Torsten roch daran und verzog das Gesicht. »Die Lederhose eines ausgewachsenen Indianers. Diese hier hat es hinter sich und war dir eh schon viel zu klein!« Er schleuderte sie in die Ecke und klatschte in die Hände. »Abendessen? Hast du Hunger?«

»Wie ein Grizzly nach dem Winterschlaf!«

Leider waren das Toastbrot verschimmelt und die Bohnen schon abgelaufen, aber Torsten konnte auch aus nichts etwas zaubern. »Chapatis?«

Max wusste zwar nicht, was das war, nickte aber trotzdem. Er beobachtete, wie sein Vater das Radio einschaltete, gut gelaunt zum Lied im Radio mitsang und anfing, aus Mehl, Salz, Wasser und irgendeinem Gewürz einen Teig herzustellen. Max kramte in der Zwischenzeit ein bisschen in den Sachen herum, die sich auf dem Couchtisch, der aus zwei Obstkisten bestand, stapelten. Zeitungen, Spielekonsolen, eine einsame Socke und plötzlich ein Foto.

Darauf Mama, Papa und der kleine Max in voller Indianermontur auf einem Pferd, das von Winnetou persönlich am Zügel gehalten wurde. Ein Foto aus Wolfitz, von damals.

»Heijajaja, Heijajaja …!« Indianergesang, aber eigentlich Max' Handy. Max kramte es aus seiner Tasche. Auf dem Display stand »Mama«. Er schnaubte und ging dran. Kühl. Abweisend. Die sollte ihn in Ruhe lassen mit ihrem George.

»Ja?«

Birte stand in der Küche und buk Pfannkuchen. Extra für Max, für das Versöhnungsgespräch, das sie mit ihm führen wollte. Sie hatte sogar den Kopf eines Indianers aus Papier ausgeschnitten, ihn als Schablone auf die Pfannkuchen gelegt und Puderzucker darübergestreut.

»Hey, hier ist Mama. Ich wollte mal hören, wo du bleibst?«

»Ich schlaf bei Papa!«

Torsten schielte aus der Küche zu ihm hinüber. Da schien irgendwie dicke Luft zu sein zwischen den beiden.

»Bei Papa?« Birte stellte den Puderzucker ab und wollte gerade Protest einlegen, aber da hatte Max schon aufgelegt. Mürrisch starrte er auf das Foto von früher.

»Alles gut bei euch?«

Max nickte und riss sich zusammen. Torsten durfte nicht wissen, was er wusste, das würde ihm nur das Herz brechen, und das war George nicht wert, ganz bestimmt nicht.

Aber als würde er etwas ahnen, die Adlernase eines Indianers stets im Wind, hakte er nach. »Was macht Mama eigentlich so?«

»Och, dies und das.«

Torsten ließ das erste Fladenbrot auf den Teller gleiten und stellte ihn Max vor die Nase.

»Trifft sie sich denn auch mal mit jemandem?«

Max machte sich über den Chapati her, drehte ihn zu einer Wurst, faltete ihn zweimal und steckte ihn komplett und so, wie er war, in den Mund.

»Jo, mit Kiki!«, sagte er mehr als undeutlich, aber es war das, was Torsten hören wollte, und deswegen verstand er es auch. Er nickte zufrieden und schüttete schwungvoll neues Öl in die Pfanne.

Am nächsten Tag war Shoppingtour angesagt. Es gab einen Westernladen in der Stadt, den Torsten und Max früher schon oft durchstöbert hatten.

Diesmal war Morten auch mit dabei und Torsten hatte sein letztes Geld zusammengekratzt.

»Immerhin brauchst du eine neue Lederhose für deinen großen Auftritt!«

Sie fuhren durch die Stadt, alberten herum und Mortens Eltern hatten ihm auch ein bisschen Geld zugesteckt. Vielleicht gab es ja etwas für einsame Wölfe.

Der Laden war dunkel und vollgestopft mit Indianer- und Cowboyutensilien aller Art. Kleidung, alte Masken und Federschmuck, Totems en masse, Traumfänger, raue Decken mit indianischen Mustern, Bilder der berühmtesten Häuptlinge an den Wänden, Pfeil und Bogen, Messer, kurz gesagt ein Paradies. Hinter dem Tresen stand eine ältere Frau mit Cowboyhut, ihre Haut sah aus, als hätte sie ihr Leben lang in der glühenden Sonne gearbeitet, und ihre kleinen Augen blitzten wie die des Habichts, der seine Beute erspäht.

»Kann ich euch helfen, meine Brüder?«

Aber das konnte sie nicht, weil zumindest Max und Torsten sich bestens auskannten und genau wussten, was sie wollten.

Als erstes Mal alles ausprobieren. Lederhosen und Mokassins. Vielleicht eine Friedenspfeife? Nein, die von Max war besser.

Ah, ein Speer, wie geht das eigentlich? Torsten zielte und schleuderte ihn direkt in eine Zielscheibe.

Die Jungs jubelten und die Tresenfrau ließ sich auf ihren ledernen Stuhl fallen. Das konnte dauern, bis das ein Geschäft werden würde. Aber schließlich bekam sie, was sie wollte.

Max fand die perfekte Lederhose, die ihn nun für immer begleiten sollte, außerdem ein Paar neue Mokassins, Morten begnügte sich mit einem schlichten Lederstirnband mit Feder, immerhin Adler oder vielleicht auch

Adlerimitat, und einer Lederkette, die er zu seiner Indianerkette und der Trillerpfeife um den Hals hängte, mit einem Haifischzahn daran.

»Morten, bei den Indianern gab es keine Haifische, das ist albern!«, wandte Max ein, aber Morten bestand darauf.

»Haifische beißen sich damit durch, und das kann ja wohl nicht schaden, wenn wenigstens einer von uns so ein Ding trägt! Außerdem, was meinst du denn, warum es so ein Ding hier im Indianerladen gibt? Wird schon Haie geben da oder vielleicht mal einen aus Versehen. Dann ist diese Kette noch wertvoller!«

Er war eben ein ganz besonderer Indianer.

Als sie endlich wieder in Torstens klapprigem Auto saßen, neigte sich der Tag schon Richtung Abend. Sie gondelten durch die Stadt, Max und Morten heulten indianisch aus den Seitenfenstern, schlugen Passanten in die Flucht oder brachten Hunde zum Gegenheulen und schließlich legte Torsten eine CD ein. Es war gleich klar, dass er sie aufgenommen hatte. Ein ganz besonderes Lied, in dem es um Liebe ging und um Bleiben und Kämpfen. Gut gelaunt sang er mit, und auf einmal standen sie vor der Abendschule, in der Birte Englisch lernte, und zwar bei George.

»Was machen wir denn hier?«, fragte Max, und seine Kehle schnürte sich zu, weil er es eigentlich schon wusste.

Torsten zog die CD aus dem Player, steckte sie in eine Hülle, die er selbst gestaltet hatte.

»Für Kleine Nachtigall« stand darauf, und da wusste Max, dass dieses Lied die Überraschung für Mama sein sollte. Dass Papa Mama damit eine so große Freude machen wollte, dass sie zumindest noch einmal darüber nachdachte, ob sie es nicht doch wieder miteinander versuchen konnten.

»Aber … äh … ich glaube, Mama hat heute gar keinen Unterricht!«, stotterte Max, und auch Morten saß plötzlich kerzengerade. Torsten deutete grinsend nach draußen. Birte kam aus der Toreinfahrt. Die Wangen leicht gerötet, die Haare flogen ein bisschen vom Schwung. Sie sah wunderschön aus.

»Das glaub ich aber schon, du Blindschleiche!«

Gerade wollte Torsten mit der CD in der Hand aussteigen, da folgte George, holte zu Birte auf, legte ihr den Arm lässig um und küsste sie. Dann gingen sie eng umschlungen weiter, ohne das Auto mit Torsten darin auch nur zu bemerken. Der fiel vollkommen geschockt in seinen Sitz zurück, die Hand mit der CD darin schlaff nach unten. Er starrte seiner Frau im Arm des anderen Mannes hinterher und sämtliche Farbe war ihm aus dem Gesicht gewichen. Max und Morten schauten sich betroffen an. Jetzt war es raus. Wie schrecklich. Vorsichtig legte Max seinem Vater von hinten eine Hand auf die Schulter.

»Das ist bestimmt nur kurz!«

Langsam drehte sich Torsten zu ihm um und in seinen Augen standen die Tränen.

»Du hast es gewusst!«

11

Der frühe Vogel fängt den Wurm.

Max und Morten hielten sich daran. Alle Trainingseinheiten einmal durch und dabei auf Torsten warten. Eigentlich nur auf Torsten warten.

Er hatte ja nichts mehr gesagt, keinen Ton. Hatte die Jungs nach Hause gefahren und Max nur zugelächelt zum Abschied, so ein Lächeln wie ein schmaler Strich, eins, das eigentlich keins war.

»Bis morgen«, hatte Max ihm hinterhergerufen, aber da war er schon um die Kurve.

»Du bist wirklich gut geworden«, sagte Morten. Das war ein Lob und ziemlich ungewöhnlich für ihn. Aber was wahr ist, muss gesagt werden, und außerdem hatte er das Gefühl, dass Max es heute wirklich gebrauchen konnte.

Er hatte sich in allen Disziplinen maßlos gesteigert. Klar, er war jetzt nicht schlank und rank wie die junge Zeder, die am Rande des Flusses wächst, aber er traf mit dem Pfeil in die Mitte, konnte sich anschleichen, ohne dass Birte und der blöde George etwas hörten, kannte den Text. Lasso werfen, mit Hölzern Feuer machen, kein Problem. Nur die Sache mit dem aufs Pferd springen war noch nicht so klar, aber das wollten sie heute bis zum Abwinken üben. Mit Torsten. Der nicht kam.

Max und Morten setzten sich nebeneinander auf das Gatter, schauten in Richtung Straße und warteten. Es blies ein etwas unangenehmer Wind, zog an ihren Haaren, fegte Strohfetzen und Staub über den Boden und pfiff leise, als wäre die ganze Zeit das Teewasser fertig.

»Er kommt ja meistens zu spät«, murmelte Morten und schabte mit seinem Fuß die Rinde vom Zaun. Max antwortete nicht, starrte nur finster in die Richtung, aus der sein Vater kommen müsste. Das Holzschild wackelte quietschend im Wind.

»Na, ihr zwei, schon fertig mit dem Training?«

Evi tauchte hinter ihnen auf, stellte sich zwischen sie und legte ihnen die Arme um. Dann fiel ihr sofort auf, dass etwas nicht stimmte, auch weil sie keine Antwort bekam. Sie räusperte sich und kletterte zwischen sie auf das Gatter.

»Torsten?«

Morten nickte, Evi ließ sich seufzend auf das Gatter plumpsen und das war dann endgültig zu viel. Es brach in der Mitte durch und alle drei landeten gepflegt und schreiend im Dreck. Bumm.

»Oh nein, sorry, habt ihr euch wehgetan?«

Evi rappelte sich hoch, Morten sprang sofort wieder auf die Füße, aber Max blieb einfach liegen und schaute in den Himmel und wie die Wolken dahinflogen. Vielleicht waren es Rauchzeichen? Ergab es irgendeinen Sinn?

»Los, Max, komm hoch!« Evi reichte ihm die Hand und zog ihn in den Sitz.

»Hättste das doch mal lieber Papa machen lassen«, meinte er ächzend. Evi schaute ihn nur an, und sie verstanden sich, ohne zu sprechen. Auf Torsten war kein Verlass.

Automatisch wie immer, wenn er an seinen Vater dachte, ging Max' Griff zu seiner Indianerkette. Sie war nicht da.

»Oh nein! Meine Kette!« Und da fiel es dann allen auf einmal auf. Die Kette war bei dem Sturz gerissen. Perlen, Federn und Zähne lagen im Dreck verstreut.

Hektisch versuchten sie, alles wieder aufzusammeln und bloß nichts zu vergessen. Sie wussten, was diese Kette für Max bedeutete, es war die, die Torsten ihm geschenkt, die er ihm umgehängt hatte, als er ihn auf dem Spielplatz vor dem Wohnblock zum echten Indianer ernannt hatte.

Sie hatten ein kleines Tipi aufgebaut und ein Lagerfeuer gemacht. Es war schon ein bisschen dunkel, die Sterne funkelten und der kleine Max, gerade mal fünf Jahre alt, saß stolz im Schneidersitz vor dem Zelt und trommelte.

Sein Vater tanzte im Rhythmus und Indianergesänge murmelnd um ihn und das Feuer herum.

Bis Max aufhörte zu trommeln und sich erhob. Torsten schritt auf ihn zu, die Indianerkette, die er für ihn gemacht hatte, vor sich hertragend wie eine Goldmedaille. Sie schauten sich tief in die Augen, keiner lachte, es war bitterer Ernst. Max war jetzt ein Indianer. Und diese Kette würde für immer ein Zeichen dafür sein.

Aber immer dauerte anscheinend nur bis heute.

»Das tut mir leid, Max!«, sagte Evi, und wie sehr, konnte man in ihrem Gesicht lesen. Er lächelte sie an. Fast so schmal wie Torsten gestern.

»Ist schon gut. Ich geh mal gucken, wo Papa bleibt.«

»Soll ich mitkommen?«, fragte Morten leise.

Aber Max schüttelte den Kopf. Manche Pfade muss ein Indianer ganz alleine gehen. Und selbst der tosendste Fluss kann ihn nicht aufhalten.

Also klingelte Max Sturm.

Er hörte nicht auf, weil er genau wusste, dass sein Vater da war. Endlich wurde das Tor geöffnet. Olli. Selbe Jogginghose, selbes Unterhemd. Wahrscheinlich hatte er mehrere davon, versuchte Max sich zu täuschen.

»Ah, der Häuptling!« Olli blinzelte nervös.

»Ist Papa da?« Max wollte sich an ihm vorbeidrücken, aber er stellte sich in den Weg.

»Nee, der ist ... unterwegs!« Er beugte sich verschwörerisch zu Max runter. »Auf dem Kriegspfad.« Sein Atem roch nach Bier.

Max wich ein Stück zurück.

»Und wann kommt er wieder?«

Olli zuckte mit den Schultern.

»Wenn er die bösen Bleichgesichter besiegt hat.«

»Olli, wo bleibste, das musst du sehn!«

Das war eindeutig Torstens Stimme, wenn er zu viel getrunken hatte. Max warf Olli einen verächtlichen Blick zu und drückte sich an ihm vorbei.

»Max, es wäre vielleicht wirklich ein anderes Mal besser!« Olli hielt ihn an der Schulter fest, aber Max riss sich los und stürmte durch den Hinterhof in die Wohnung. Olli zuckte mit den Achseln und beschloss, lieber draußen noch ein bisschen frische Luft zu schnappen. Die dicke, die da drin gleich sein würde, wollte er sich lieber nicht antun.

Max' Vater lümmelte auf dem Sofa und schaute eine Sendung über Leute, denen was Blödes passiert, die stolpern oder gegen eine Wand laufen oder so was. Dauernd wurden Lacher eingespielt, aber er lachte nicht. Er trank Bier. Nach den Flaschen, die auf dem Tisch standen, nicht das erste. Seinen Kleidungsstil hatte er dem von Olli angepasst, Jogginghose und Unterhemd. Nichts von einem Indianer.

»Kommste endlich?«, schnauzte er nach hinten, ohne sich umzudrehen.

Max stellte sich mitten vor den Fernseher.

»Ach, du bist's!« Die Freude seines Vaters hielt sich deutlich in Grenzen.

Max verschränkte die Arme vor der Brust.

»Wir müssen trainieren!«

Torsten machte eine schwache Bewegung mit der Hand, als wollte er ihn aus dem Bild wischen.

»Du musst mich trainieren! Bitte!«

»Wofür hast du denn diesen seltsamen Dingsbums? Oder frag doch deine Mutter. Ja genau, frag deine Mutter mit ihrem tollen, neuen Hengst!«

Max ließ die Arme sinken. Das konnte doch nicht sein Ernst sein! »Aber Papa, wir beide sind doch die Indianer, du und ich!«

Langsam hob Torsten den Blick und schaute ihn an. Schnaubte verächtlich.

»Indianer! Hast du eigentlich schon mal in den Spiegel geschaut? Sieht so etwa ein Indianer aus? Du bist kein Indianer! Du nicht und ich auch nicht. Und du wirst niemals Winnetous Sohn sein, nie!«

Max war käseweiß geworden. Die Tränen schossen ihm in die Augen. Wie konnte Papa, sein Papa, so etwas sagen? Plötzlich fing ein heißer Topf Succotash an, in ihm zu brodeln, immer stärker, dampfte und … explodierte.

»Werde ich wohl und du wirst mich da übermorgen hinfahren«, schrie er. Sein Vater zog die Augenbrauen hoch.

»Max!«

»Du hast es versprochen!« Max schnappte sich die Fernbedienung vom Sofatisch, machte den Fernseher aus und zielte damit auf seinen Vater, als wäre es der todbringende Revolver des Weißen Mannes. »Du hast es versprochen!«

Torsten seufzte und trank einen Schluck Bier. »Wenn du dich unbedingt blamieren willst!«

Max knallte die Fernbedienung aufs Sofa und rannte raus.

12

Morten stand, sein Klemmbrett unterm Arm und fertig für den Trainingstag, vor dem Haus und wartete auf Max. Er hatte nichts mehr gehört, also ging er davon aus, dass Max die Sache mit seinem Vater geklärt hatte und es heute weiterging. Musste es auch, es war der letzte Tag vor dem großen Casting, die letzte Möglichkeit, den Sprung aufs Pferd in trockene Tücher zu kriegen.

Aber irgendwie hatte er kein gutes Gefühl. Schon zehn nach. Okay, Max war nicht immer pünktlich. Sicher würde er gleich mit seinem Fahrrad um die Ecke geprescht kommen.

Hauptsache, die blöden Mädels lagen noch im Bett und ließen ihn in Ruhe. Morten spähte nach links. Die Straße war leer, weit und breit rührte sich nichts. Er steckte die Trillerpfeife in den Mund und pfiff ein bisschen vor sich hin. Dachte darüber nach, wie alles werden würde morgen. Auf jeden Fall war Max optimal vorbereitet. Mehr konnte man nicht machen. Seine Entschlossenheit würde ihm auch helfen, ganz bestimmt.

Zwanzig nach. Morten ließ die Pfeife aus seinem Mund fallen und zückte das Handy.

»Howgh, hier spricht der Häuptling. Rauchzeichen bitte nach dem Ton, der klingt wie das Piepen junger Vögel im Zedernbaum!«

Morten legte auf, stieß sich vom Zaun ab und machte sich zu Fuß auf den Weg zu Max.

Irgendetwas stimmte nicht.

Birte öffnete ihm die Tür und wirkte sehr erleichtert, ihn zu sehen.

»Hey, Morten, gut, dass du kommst. Ich habe keine Ahnung, was passiert ist, aber mit mir spricht er ja eh nicht.« Sie seufzte. »Kakao?«

Morten schüttelte den Kopf und ging an ihr vorbei zu Max' Zimmer. Die Tür war geschlossen und kein Mucks zu hören.

Er holte tief Luft, drückte die Klinke runter und trat ein, ohne anzuklopfen. Max saß im Jogginganzug an seinem Schreibtisch und schnitt etwas aus Pappe aus.

»Hey!«, sagte Morten, weil Max noch nicht einmal hochgeschaut hatte von dem, was er tat.

»Hallo!«, antwortete Max lahm und schnitt weiter. Morten ging zu ihm und entdeckte die neue Lederhose, die Reste der Indianerkette und die zerbrochene Friedenspfeife im Papierkorb. Es war noch schlimmer, als er gedacht hatte. Und die Papphäuser, die Max ziemlich lieblos gebastelt und aufgestellt hatte, sollten wohl seine Siedlung sein.

»Du gehst nicht mehr raus?«

Max schüttelte den Kopf.

»Ich könnte die Kette reparieren!«

Morten begann, die Reste aus dem Papierkorb zu fischen.

»Die Lakotas sagen: Steig vom Pferd, wenn du merkst, dass es stirbt. Ich bin kein Indianer mehr.«

»Hey, das kann man sich nicht aussuchen. Hast du selber gesagt!«, hielt Morten dagegen.

Max schaute ihn an, und nichts in seinem Blick erinnerte mehr an den selbstbewussten Häuptling, der er gewesen war.

»Und du hast gesagt, dass ich eh keine Chance habe, so wie ich aussehe!«

»Hey, das war früher. Da hab ich mich voll geirrt. Ich weiß jetzt, dass der Häuptling tausend Mal mehr ein Indianer ist als alle anderen!«

Max wandte sich wieder seiner Pappwelt zu.

»Max. Ich bin Max.«

Da wusste Morten, dass er keine Chance mehr hatte. Torsten hatte gestern irgendetwas sehr, sehr falsch gemacht und das Herz des stolzen Häuptlings gebrochen.

Winnetous Sohn war gestrichen. Er ließ die Bestandteile der Indianerkette zurück in den Papierkorb fallen und verließ wortlos den Raum.

So brach der nächste Morgen an, ohne der Morgen zu sein, der einen ganz besonderen Tag einläutete. Den Tag, an dem die Entscheidung hatte fallen sollen, den Tag, an dem der Häuptling Winnetous Sohn werden sollte, den, auf den sie so lange hingefiebert hatten. Er brach an als ein ganz normaler Tag.

Morten wachte von seinem Radiowecker auf.

»Hallo Leute, einen wunderschönen guten Morgen, ihr hööööört ... die Morgenshow. Was gibt es zu berichten? Das Wetter ist gut und für einige von euch liegt heute etwas ganz Besonderes in der Luft ...!«

Auch bei Torsten im Wohnzimmer ging das Radio an. Er lag auf der Couch, halb in seinem Schlafsack vergraben. Auf dem Couchtischgebilde leere Bierflaschen und eine Pizzaschachtel.

»Es geht um die Freilichtbühne in Wolfitz, wo heute eine wichtige Entscheidung fallen wird ...!«

Torsten fingerte nach dem Schlafsack und zog ihn sich über den Kopf, während Morten sich plötzlich ruckartig aufsetzte.

»Heute wird sich bei einem großen Casting herausstellen, wer die Rolle von Winnetous Sohn bekommt ...«

Morten starrte auf das Radio wie die Maus auf die Schlange, bevor sie zuschnappt. Das konnte nicht wahr sein! Das durfte nicht sein! Max musste da mitmachen!

»Die Bewerber sollen unter anderem perfekt reiten können ...!«, redete der Moderator weiter, und plötzlich wusste Morten, was zu tun war. Er wusste es so genau, wie auf die Nacht der Morgen folgt, sprang aus dem Bett, kramte in seiner Schreibtischschublade und fand endlich, was er suchte. Die Kracher von letztem Sylvester.

»Wir wünschen allen Bewerbern viel Glück. Und jetzt geht's weiter mit Musik.«

Birte hatte die Nachricht auch gehört. Sie saß verschlafen und alleine am Küchentisch und war verzweifelt. Warum hatte Max so plötzlich aufgegeben? War sie daran schuld? Wegen der Sache mit George? Sie musste irgendwie an ihn herankommen, mit ihm reden.

In diesem Moment kam er in seinem Pyjama in die Küche geschlurft.

»Guten Morgen, mein Großer!«

Max ging zum Kühlschrank, holte sich den Vanillepudding, der längst abgelaufen war, heraus und fingerte einen Löffel aus der Schublade.

»Die haben gerade im Radio über das Casting gesprochen. Das ist ja heute, und ich dachte, vielleicht ...!«

Max drehte sich um und verließ wortlos die Küche.

Birte schaute ihm nach und vergrub die Hände im Gesicht. Sie wollte ihm so gerne helfen und konnte ja nicht ahnen, dass Morten schon dabei war. Er hatte die Sylvesterkracher in seiner Pappstadt platziert, rückte alles genau zurecht und entflammte, ohne zu zögern, die Zündschnur. Dann verschränkte er die Arme und schaute zu, wie das kleine Feuer über den Tisch lief, hierhin und dahin und dann ... bummmmmmm! Nichts mehr übrig von der Welt aus Pappe. Die Fetzen flogen wie Konfetti im ganzen Zimmer herum.

Seine Eltern, die unten gerade am Frühstückstisch saßen, sprangen schreiend auf. Um Gottes willen, was war passiert?

»Morti!«, schrie die Mutter und wollte losrennen, da öffnete sich die Tür, und ihr Sohn kam mit Todesmiene, leicht verrußt und gestiefelt und gespornt herein. Ging an ihnen vorbei, beantwortete keine Fragen, hatte ein Ziel und einen Plan.

Und vor allem: keine Zeit für Erklärungen!

Er ging immer weiter. Seine Gedanken geradeaus, bis er bei Evis Ranch ankam.

Die striegelte in diesem Moment die Ponys, alles war geschmückt und sah nach einer Veranstaltung am Nachmittag aus.

»Der Einsame Wolf grüßt Springendes Reh!«

Evi schaute Morten nur an, wie er dastand mit seinem ernsten, entschlossenen Gesicht, der Mund nur ein schmaler Schlitz, so konzentriert war er.

»Was ist passiert?«

»Mein Bruder, der Häuptling, wird nicht am Casting teilnehmen, wenn ich es nicht schaffe, ihn umzustimmen!«

»Warum das denn?« Evi schien wirklich entsetzt. All die Wochen war Max nicht von seinem Pfad abzubringen gewesen, und jetzt? »Was kann denn den Häuptling so aus der Bahn werfen?«

Morten zuckte mit der Schulter.

»Ich glaube, es hat etwas mit Torsten zu tun. Auf jeden Fall denkt er, dass er kein Indianer mehr ist, aber da denkt er falsch.«

Evi nickte. »Und jetzt?«

Morten sog die Luft durch die Nase ein, streckte sich ein bisschen, um sich noch größer und stärker zu fühlen, und dann sagte er: »Ich werde auf Iltschi zu ihm reiten!«

Das war Morten eingefallen, das hatte er damals zum Häuptling gesagt, als er noch nicht wusste, dass der sein Freund war.

»Eher reite ich auf Iltschi durch die Stadt, als dass du Winnetous Sohn wirst.« Wie der Hauch des großen Manitus persönlich hallte dieser Satz über das Gelände.

Evi starrte ihn an. Man konnte richtig sehen, wie die Gedanken in ihrem Kopf durcheinander und übereinander fielen, wie sie sich an Mortens Angst vor Pferden erinnerte und an den Häuptling, der so sehr versuchte, aus ihm einen Indianer herauszuholen, und was passieren würde, wenn …!

Morten ließ sie fertig denken, schaute ihr fest in die Augen, wartete, bis ihr Gesicht sich langsam entspannte, und beantwortete dann die Frage, von der er wusste, dass sie sie gleich stellen würde.

»Ja, ich bin sicher.«

Und weil er so sicher war und nichts lieber wollte, als das gebrochene Herz seines Freundes zu reparieren, benahm Iltschi sich vollkommen anders als sonst. Als könnte er spüren, wie dringend es war. Sanft wie ein Lamm stand er da, während Evi Morten auf seinen Rücken half, wartete geduldig, bis sie ihm erklärt hatte, wie man Kommandos an ein Pferd vermittelte, und schnaubte beruhigend, als Evi ihm auf den Hals klopfte.

»Pass gut auf ihn auf!«

Iltschi setzte sich langsam in Bewegung, nachdem er das Zeichen mit den Füßen bekommen hatte, und je länger sie ritten, umso sicherer fühlte sich Morten, ja, er genoss es sogar.

Er trabte die lange Straße zwischen den Feldern entlang, auf der Max und er sich gestritten hatten, dann langsam in die Stadt hinein, zum Erstaunen sämtlicher Autofahrer direkt auf dem Mittelstreifen einer mehrspurigen Schnellstraße.

Gleichmäßig und ohne sich von irgendetwas aus der Ruhe bringen zu lassen, vorbei an seinem Elternhaus, zugegeben, das war ein kleiner Umweg und galt den drei blöden Mädels auf ihren stinknormalen Fahrrädern.

Wie immer und weil ihnen nichts anderes einfiel, gurkten sie auf der Straße herum, als Morten auf Iltschi um die Ecke bog. Schlau wie ein Wiesel, stolz wie der Adler am Himmel und unerschrocken wie ein Kaninchen, das seine Jungen gegen den Adler verteidigt. Sie bekamen den Mund nicht mehr zu, vergaßen nach vorne zu schauen und donnerten auf ihren Rädern direkt in die Büsche. Das war's!

Max saß immer noch im Schlafanzug vor seiner schiefen Pappkartonwelt und starrte sie an. Er konnte nicht wirklich Trost darin finden. Lustlos kratzte er sich mit dem einen Fuß am anderen und versuchte, absolut überhaupt nicht an Wolfitz zu denken. Nicht an seinen Vater. Nicht an Winnetous Sohn. Aber es ist nicht einfach, an etwas nicht zu denken, an das man unbedingt nicht denken will.

Plötzlich stieß ein Windzug sein Fenster auf, fegte durch die Pappstadt und blies die Häuser um. Max seufzte, stand auf, um das Fenster zu schließen, warf aus Versehen einen Blick nach draußen und traute seinen Augen nicht.

Da stand Iltschi. Mitten auf der Straße. Und was noch erstaunlicher war: Auf ihm saß Morten in stolzer Haltung und mit entschlossenem Gesicht.

»Morten!« Max war baff.

»Siehst du das? Ich reite auf Iltschi. Aber was ist mit dir?«

Max starrte ihn nur an und wich dann ein Stück vom Fenster zurück. Er wusste genau, was Morten meinte, er hatte diesen Satz gehört und nicht vergessen.

»Willst du, dass der Einsame Wolf schon wieder recht behält? Willst du das, Häuptling?«

Morten schaute nach oben. Max war am Fenster nicht mehr zu sehen. Konnte es sein, dass er sich nicht locken ließ? War er so verletzt?

Er kniff die Augen zusammen, sandte all seine Kraft Richtung Fenster: Du entscheidest dich um, du lässt dich nicht kleinkriegen, du tauchst jetzt wieder auf und sagst, ja, ich bin ein Indianer! Aber nichts passierte. Die Gardine wehte leicht im offenen Fenster, sonst keine Bewegung.

Seufzend legte Morten sich nach vorne und vergrub seine Nase in Iltschis schwarz glänzender Mähne.

»Das wird nichts!« Er klopfte ihm den Hals, dann richtete er sich auf und zog an den Zügeln. »Komm, wir reiten wieder nach Hause!«

Langsam drehte Iltschi sich um und sie ritten im Schritttempo traurig die Straße zurück.

»Halt, bleib stehen, Rothaut!«

Morten zog die Zügel an und Iltschi blieb stehen. Er drehte sich um.

Da stand Max in voller Indianermontur und mit der dürftig reparierten Indianerkette um den Hals. Er legte Zeige- und Mittelfinger der rechten Hand feierlich auf sein Herz.

»Der Häuptling ist bereit für seine große Reise!«

Morten ballte die Siegerfaust, stieß sie in die Luft und

ließ das perfekte Geheul der Indianer ertönen, die mehrere Stämme der Bleichgesichter gleichzeitig besiegt hatten.

13

Torsten saß auf dem Sofa, die Haare noch vom Schlaf zerzaust, der Schlafsack neben ihm zusammengeknautscht.

Die Luft stand im Zimmer, man hätte mal ein Fenster aufmachen können, aber dazu hätte er aufstehen müssen. Keine Lust! Stattdessen riss er Seiten aus einer Zeitschrift, knüllte sie zusammen und versuchte, mit der Kugel in den Papierkorb zu treffen. An der Anzahl der Kugeln, die daneben lagen, konnte man erkennen, dass es ihm noch nicht so oft gelungen war. Er sah müde aus, müde und traurig.

Als das Telefon klingelte, konnte er sich denken, wer dran war. Er starrte es nur an und ließ es klingeln, bis Ollis uralter Anrufbeantworter ansprang und seine Ansage runterleierte.

»Hallo, hier spricht Olli Wan Knobi. Leider kann ich nicht persönlich in Kommunikation treten, da ich ein Date mit Darth Vader habe. Du kannst aber eine Nachricht an R2D2 hinterlassen.«

Torsten warf eine Papierkugel nach dem Teil, half aber nichts, denn jetzt sprach Max mit aufgeregter Stimme.

»Ja hallo, Papa, hier ist Max! Wo bleibst du denn? Du wolltest mich doch nach Wolfitz fahren, erinnerst du dich?«

Torsten raufte sich die Haare. Scheißwolfitz. Max hatte da nichts zu suchen.

»Papa? Papa! Bist du da?«

Nein, verdammt noch mal.

Torsten hatte ein schlechtes Gewissen, kniff die Lippen zusammen und hätte sich am liebsten die Ohren zugehalten. Aber er hörte deutlich, wie Max in sein Handy schnaubte.

»Der Häuptling wird auch ohne seinen Vater dahin kommen, aber er würde lieber mit ihm gehen. Mit einem versoffenen Bleichgesicht, das mal ein stolzer Indianer war!«

Klick. Weg.

Torsten starrte auf den Anrufbeantworter. Dann sackte er in sich zusammen. Max hatte recht.

Und das wusste er auch, nutzte ihm aber nichts. Enttäuscht ließ er das Handy sinken und zuckte mit den Schultern Richtung Morten. Iltschi hatten sie an einen Zaun gebunden, er fraß genüsslich das bisschen Wiese ab, das er hier gab.

Morten runzelte die Stirn. »Und jetzt?« Er schaute auf die Uhr. »Wir müssen los!«

Max schaute verzweifelt in den Himmel. Erste Pflicht beim Colonel: Pünktlichkeit. Wenn er zu spät kam, konnte er die Rolle gleich vergessen.

»Okay, wir rufen alle an, die ein Auto haben, irgendwer wird uns schon fahren!« Er zückte sein Handy und drückte die Nummer von Birte. In diesem besonderen Notfall musste er seine Wut auf sie auf später verschieben.

»Hallo, Max, ist was passiert?«

Birte hatte einen Job als Stadtführerin. Sie zeigte Touristen die Sehenswürdigkeiten und erklärte ihnen etwas zur Geschichte. Gerade stand sie mit einer Gruppe vor dem Dom.

»Mama, du musst uns nach Wolfitz fahren, bitte, Papa geht nicht dran.«

Birte schnalzte mit der Zunge und warf einen Blick zu ihren Touris, die sie alle erwartungsvoll anstarrten.

»Ich kann nicht, mein Großer, ich hab hier eine Führung.«

»Bitte Mama, wie soll ich denn sonst zum Casting kommen?«

»Entschuldigen Sie, könnten Sie Ihre Privatgespräche vielleicht auf später verlegen!«, motzte einer der Touris dazwischen.

Birte schaute ihn irritiert an und suchte verzweifelt in ihrem Kopf nach einer Lösung. Gleichzeitig fluchte sie auf Torsten, auf den mal wieder kein Verlass war. Aber sie konnte nicht weg, sie konnte die Gruppe doch nicht einfach hier so stehen lassen, dann wäre sie ihren Job los, und sie brauchten das Geld dringend, auch weil von Torsten eben nie viel zu erwarten war.

»Es tut mir leid, Max!«

Max legte auf.

»Warte, ich versuche es bei meinen Eltern!« Morten wählte die Nummer, aber sein Vater war beim Zahnarzt und seine Mutter hielt im Kiosk die Stellung. Es tat ihr unheimlich leid, aber Morti musste das doch verstehen.

Okay, dann Evi.

»Jungs, ich kann hier nicht weg, ich habe gleich einen Kindergeburtstag und noch so viel vorzubereiten, das schaffe ich nicht.«

»Kannst du Iltschi wenigstens abholen irgendwann?«, fragte Max verzweifelt. Immerhin das konnte Evi zusagen.

»Wenn wir Iltschi nicht brauchen, um dahin zu kommen«, murmelte Morten, als Max aufgelegt hatte.

Sie schauten sich an. Wen sollten sie noch fragen? Es gab niemanden mehr. Dachten sie.

Aber Birte dachte auch. Es ließ ihr keine Ruhe, dass sie Max nicht helfen konnte. Er musste einfach dahin fahren, sie konnte seine Traurigkeit keine Sekunde mehr länger aushalten. Jetzt hatte er sich anscheinend entschieden, und da sollte es keinen geben, der ihn dahin bringen konnte?

»Entschuldigen Sie!«, motzte der nervige Tourist und unterbrach sie in ihren Gedanken. »Was steht denn nun im Osten?«

»Der Dom«, antwortete Birte geistesabwesend und starrte auf ihr Handy.

»Jetzt hören Sie mal, junge Frau, wenn Sie hier nur gedankenverloren herumstehen, anstatt eine Stadtführung zu leiten, werde ich mich bei Ihrem Vorgesetzten beschweren!«

In diesem Moment hatte Birte die Idee.

Natürlich, dass sie da nicht eher draufgekommen war.

»Fünf Minuten Pause für alle«, verkündete sie und wählte eine Nummer.

»Das kann ja wohl nicht ...«, wollte der Blödmann unter den Touristen weiterschimpfen, aber Birte warf ihm einen entschlossenen Blick zu und ließ ihn nicht ausreden.

»Es geht um Leben und Tod!« Dann meldete sich jemand in ihrem Handy. »George?«

Natürlich war der Typ für Max die absolut falscheste Wahl. Der Mann, der an seiner Mutter herumküsste. Der seinem Vater im Weg stand und ihn so traurig gemacht hatte. Ausgerechnet der, der verhinderte, dass sie wieder eine richtige Familie sein konnten. Als er mit seinem Cabrio vorfuhr, waren Max und Morten gerade auf Iltschi geklettert und wild entschlossen, auf ihm nach Wolfitz zu reiten. Sie würden hundert Jahre zu spät kommen, klar, aber vielleicht zählte ja der Wille und der Colonel würde ein Auge zudrücken. Obwohl der ja bekanntermaßen keiner war, der Augen zudrückte. Nicht mal ein halbes.

»Los, steigt ein. Ich habe Befehl von oben, euch nach Wolfitz zu fahren.«

Max schaute den dunklen Freund seiner Mutter mürrisch an.

Nein, da würde er nicht einsteigen. Aber Morten gab ihm von hinten einen Knuff.

»Wenn wir da mitfahren, können wir es noch schaffen. Hey Häuptling, es geht um Winnetous Sohn, schon vergessen?«

Max seufzte und ließ sich langsam von Iltschi hinuntergleiten.

»Also gut, aber du musst auf die Tube drücken!«

»Aye, aye, Sir«, grinste George und betätigte den Knopf, mit dem sich das Dach seines Autos automatisch zufaltete. Bei zu hoher Geschwindigkeit sollte man nicht offen fahren.

Nur, das mit der hohen Geschwindigkeit wurde dann erstmal nichts. Die Stadt war mit Autos zugestopft. Anscheinend hatten sich alle genau im gleichen Augenblick überlegt loszufahren. Irgendwohin, von links nach rechts und von rechts nach links, auf jeden Fall im Weg.

Und während sich George durch das Chaos drängelte und Max und Morten auf heißen Kohlen saßen, wie der Succotash über dem Feuer des Roten Mannes, sprang

Torsten auf, schüttete sich Wasser ins Gesicht, fuhr sich durch die Haare, schnappte sich Hose und Autoschlüssel und musste feststellen, dass das keinen Mucksen von sich gab. Benzin alle. Geld auch.

Gleichzeitig versammelten sich in Wolfitz die Mitbewerber von Max auf der Bühne. Sie waren in der Maske und bei der Kostümfrau gewesen, sahen alle aus wie richtige, kleine Indianer und stellten sich in einer Reihe auf.

Ihr Blick fiel auf die Zuschauerränge, die wie in einem alten Amphitheater angeordnet waren, und es schien, als würden sie immer weiter nach hinten hochgehen, bis in den Himmel hinauf. Auf den Rängen ein kleiner Haufen von Eltern, die aufgeregt hin- und herrutschten, sich krampfhaft miteinander unterhielten, aber alle, jeder für sich bei sich dachten: Meiner ist doch der Allerbeste für diese Rolle.

In der ersten Reihe waren zwei Plätze frei gehalten, auf dem einen lag ein Kissen, und jeder konnte sich denken, für wen. Alle warteten.

George hatte es endlich aus der Stadt hinaus geschafft. Landstraße, freie Bahn.

»Papa kann viel schneller fahren!«, schimpfte Max.

»Aber hier ist Tempo achtzig!«

George schaute in den Rückspiegel und sah die angespannten Gesichter der Jungs. Max mit gefalteten Armen,

Die Assistentin des Generals hat es bei den Proben für die Karl-May-Festspiele nicht immer leicht mit ihrem Chef. Das merken auch die anderen Darsteller: Winnetous Sohn und Bob (David Bredin).

Der Sheriff (Armin Rohde) legt Torsten und Max Steine in den Weg.

Die Fahrradgang (Alexa: Greta Bohacek, Mona: Marie-Jeanne Gierden, Paula: Josefine Erkau) hat es auf Morten abgesehen.

Morten ist wild entschlossen endlich Fahrradfahren zu lernen, aber leider ging der erste Versuch schief.

Max kommt in voller Montur auf seinem Westernbike angerast, legt eine Vollbremsung hin und hüllt die Fahrradgang in eine dicke Staubwolke.

Das Schießen mit Pfeil und Bogen klappt schon richtig gut! Vater und Sohn haben Spaß und auch Evi (Katharina Marie Schubert) ist begeistert.

Auch Indianer müssen mal Pause machen.

… und gelegentlich einkaufen gehen. (Verkäuferin: Barbara Skawran).

Morten liebt Katastrophen, manchmal inszeniert er sie auch selbst – zum Leidwesen seiner Eltern (Kathi Angerer und Bernd Moss).

Wer kann die beiden jetzt ganz schnell zum Casting nach Wolfitz fahren?

Birtes neuer Freund George (Tyron Ricketts) ist der Einzige, der Zeit und ein Auto hat – doch als Torsten auftaucht, gibt es Ärger mit dem Sheriff.

Morten erkennt, dass Max doch nicht so doof ist – und Pferde auch ganz okay sind.

Wird Max‘ großer Traum tatsächlich in Erfüllung gehen?

Um Nachtaufnahmen am Tag drehen zu können und vom Wetter unabhängig zu sein, wurde das Tipi in eine Halle gebaut.

Die Dreharbeiten auf Evis Ranch (Drehort: Rogers Area, Boklund in Schleswig-Holstein).

Regisseur André Erkau bespricht mit den Darstellern und der Crew eine Szene.

als müsste er seinen Körper zusammenhalten, um nicht zu platzen.

Er seufzte und drückte das Gaspedal durch.

Die Bäume rasten an ihnen vorbei, Max wirkte zufriedener, starrte aber die ganze Zeit auf die Uhr im Armaturenbrett. Ausnahmsweise hatte er heute nicht die Zeit, derer sich die Indianer sonst so sicher sind.

Gerade als das Schild auftauchte, das ihnen versprach, dass es nur noch 30 Kilometer bis Wolfitz waren, erschien wie aus dem Nichts ein Polizeiwagen hinter ihnen.

»Shit!«, fluchte George in seiner Muttersprache und drosselte das Tempo. Aber es nutzte nichts mehr. Auf dem Polizeiauto leuchtete groß »rechts ranfahren« und da konnte man nichts gegen machen. George hielt an, der Polizeiwagen stellte sich leicht quer vor ihn, falls Fluchtgefahr bestand, und Max und Morten sackten verzweifelt in den Sitzen zusammen.

Breitbeinig kamen die beiden Polizisten zum Auto, gingen darum herum und hielten dann bei George, der schon mal das Fenster runtergelassen hatte. War ja klar, was jetzt kam.

»Sie wissen schon, dass das hier nicht der Nürburgring ist?«, fragte der eine.

»Ja, natürlich, aber es handelt sich … um einen Notfall!« George deutete mit seinem Daumen nach hinten zu den Jungs, der eine mit Häuptlingsfederschmuck und in Ledertracht, der andere mit Indianer- und Haifischzahnkette um den Hals. Beide mit sehr verzweifelten Gesichtern. »Es geht für den Jungen um Leben und Tod!«

Der Polizist, der sich selbst unheimlich lustig fand, deutete auf Max: »Für Winnetou?«, dann auf Morten: »Oder Old Shatterhand?« Der andere grinste fies.

Morten setzte sich gerade hin, lehnte sich nach vorne zum Fenster und versuchte zu kämpfen.

»Für den Häuptling. Er will Winnetous Sohn werden. Aber dafür müssen wir rechtzeitig in Wolfitz sein.«

Max legte seinen Arm um Morten und bestätigte die Aussage.

»Howgh, der Einsame Wolf hat wahr gesprochen!«

Die beiden Polizisten schauten sich an, und man konnte in ihren Augen sehen, dass sie die Bande, die sie da erwischt hatten, für ziemlich verrückt hielten. Und dann ließ der Witzpolizist den nächsten Knaller raus und lächelte George dabei sehr freundlich an: »Nun, aber Batman und Robin wollen jetzt erstmal die Papiere sehen!«

14

In Wolfitz schritt der General – und das war er mittlerweile, weil der Adler durch drei Sterne ersetzt worden war – die Reihe der Bewerber ab. Er hatte die Arme hinter dem Körper gefaltet, musterte den aufgeregten Haufen, der versuchte, möglichst gerade zu stehen und nicht aufgeregt zu wirken, und sagte erstmal nichts. Schaute nur grimmig.

Irgendwann blieb er vor der Mitte der Reihe stehen und erhob die Stimme so laut, dass die zukünftigen Söhne Winnetous vor Schreck zusammenzuckten.

»So! Der große Tag der Entscheidung ist angebrochen. Der Tag, der euer Leben für immer verändern könnte!« Er machte die Augen zu Schlitzen und schaute jeden Einzelnen an. »Der Tag, der euch auf die große Bühne heben, auf die Bretter, die die Welt bedeuten, oder euch wieder in die Niederungen der Bedeutungslosigkeit zurückwerfen kann.« Er holte Luft und blaffte dann: »Seid ihr bereit?«

Die Jungs nickten schüchtern und murmelten Zustimmung. Der General hielt sich eine Hand ans Ohr und beugte den Kopf in ihre Richtung. »Wie bitte?«

»Ja«, riefen die Jungs im Chor und etwas lauter.

»Das heißt, ja, mein General!«

»Ja, mein General!«

»Wie bitte?«

»Ja, mein General!«, schrien die Jungs, und da gab er sich endlich zufrieden.

»Gut, dann alle abtreten, ihr werdet einzeln aufgerufen.«

Die Jungs trollten sich zu ihren Eltern auf die Zuschauertribüne, und der General stellte zufrieden fest, dass die hübsche Mutter auch wieder da war und die dicke kleine Nervensäge anscheinend aufgegeben hatte.

Aber da täuschte er sich. Weder der noch sein Vater, der auch nicht gerade angenehm aufgefallen war. Er düste gerade mit Ollis uraltem, klapprigem Fahrrad bei Evi vor. Ihm war niemand anders mehr eingefallen, und er musste zu Max, musste seinen Fehler wiedergutmachen und ihm helfen, diese Prüfung zu bestehen. Denn es stimmte nicht, was er ihm gesagt hatte. Max war sehr wohl ein Indianer, und er konnte alles schaffen, wenn er nur an sich glaubte und sein versoffener Vater ihm nicht den Glauben an sich selbst nahm.

Evi hatte das Feuer angemacht, den Stockbrotteig fertig geknetet, ein, zwei Stöcke mehr angespitzt und schnell noch Iltschi geholt, der jetzt wieder auf der Weide herumflitzte und störrisch tat wie eh und je.

Gerade wollte sie den Pferdehänger vom Auto lösen, da bremste Torsten neben ihr, ließ das Fahrrad fallen und versuchte vollkommen außer Atem, wieder zu Luft zu kommen.

»Evi … du musst mir … helfen!«

Evi schaute ihn ruhig an.

»Ist was mit dem Häuptling? Warum hast du ihn nicht nach Wolfitz gefahren? Du weißt, was ihm das bedeutet!«

Torsten nickte, ging in die Knie und hielt sich den Bauch, weil er Seitenstechen hatte.

»Ich weiß. Evi, ich bin so ein Arsch.«

»Stimmt.«

»Aber ich will es wiedergutmachen, ich muss ihm helfen, da sein, ihn unterstützen.«

»Und dich bei ihm entschuldigen.«

»Und das.«

Evi machte sich an dem Anhänger zu schaffen.

»Und was kann ich da für dich tun?«

»Du musst mich da hinfahren, Evi, bitte, mein Auto … ich hab kein Benzin mehr.«

Evi zeigte auf die Feuerstelle und den Kleinbus, der soeben anhielt und eine Horde Kinder nebst genervter Mutter am Handy entließ.

Torsten seufzte und plötzlich standen ihm die Tränen in den Augen.

»Ich habe solche Angst, dass er es nicht schafft, weil ich nicht da war«, flüsterte er. Evi musterte ihn kurz mit ihren klaren Augen, dann drehte sie sich auf dem Absatz um und marschierte auf die Mutter zu.

»Schieb den Anhänger weg!«, rief sie noch, dann übergab sie der Mutter die Verantwortung für die Party, natürlich zu einem kleinen Preiserlass, und als die vollkommen empört protestierte, legte sie ihr nur die Hand auf die Schulter und sagte: »Es geht um Leben und Tod!«

Das schien mittlerweile auch beim General der Fall zu sein.

Der dritte Bewerber spielte die Szene durch, kam auf dem Pferd angeritten, ballerte die Banditen weg, befreite Winnetou aus dem Strick und sagte die Sätze auf, die er hatte lernen müssen.

Der Erste war gleich mal vom Pferd gefallen, der Zweite war so aufgeregt, dass er keinen Piep rauskriegte, und dieser Dritte jetzt versuchte anscheinend, möglichst kein Wort auch nur ansatzweise zu betonen. Er leierte die Sätze vollkommen gefühllos herunter und schaute dabei nicht Winnetou an, der auch schon mit den Augen rollte, sondern den General.

Und der war nur noch damit beschäftigt, nicht endgültig aus der Haut zu fahren. Er hing in seinem Stuhl, starrte in den Himmel und sein Gesicht war verdächtig rot angelaufen.

Assistentenmausi kritzelte auf ihrem Klemmbrett herum und versuchte möglichst unsichtbar dazusitzen. Das Donnerwetter lag in der Luft, und obwohl sie ganz und gar nichts falsch machte, konnte es jederzeit über ihr zum Ausbruch kommen.

Schon hielt der General es nicht mehr aus.

»Gut, gut, gut, der Nächste bitte, du hörst von uns!« Mit seiner Hand machte er eine Geste, als wollte er den Jungen von der Bühne und am liebsten auch von der gesamten Bildfläche wischen, während draußen vor den Toren Rettung nahte.

Aber das konnte er ja nicht wissen.

George hatte endlich das Festivalgelände erreicht, bremste mit quietschenden Reifen, und die Jungs sprangen aus dem Auto, als wäre der größte und gefährlichste Grizzly aus den Wäldern des Roten Mannes hinter ihnen her.

»Schnell!«

»Das Tor ist zu!«

»Mist!«

Max rüttelte wie ein Wahnsinniger an dem Holztor, aber es ruckte und rührte sich nicht.

»Oh nein, was machen wir jetzt!«

»Lass mich mal!« George hämmerte mit den Fäusten dagegen. »Hallo, hört mich jemand? Hallo?«, rief er, so laut er konnte.

Nichts.

»Machen Sie auf, hier ist noch ein Bewerber!«, schrie Morten, und dann hämmerten sie alle drei.

»Hier ist der Häuptling!«

Da hörten sie endlich langsame, sich nähernde Schritte und dann wurde eine kleine Klappe in der Tür geöffnet und der Sheriff schaute heraus.

»Immer mit der Ruhe, was gibt's, wir haben heute geschlossen!«

»Genau und wir müssen zum Casting!«, erklärte George.

Der Sheriff schaute auf seine Uhr.

»Bisschen spät, was?«

Max starrte ihn erschrocken an. »Ist es schon vorbei?«

Der Sheriff zuckte mit den Schultern und fingerte sein Funkgerät aus dem Gürtel.

»Momentchen … hallo? 147 für 329, bitte! Hallo!«

Schnarrend ertönte die Stimme der Assistentin. »Ja?«

»Seid ihr schon durch? Hier wäre noch ein Bewerber!«

»Der Häuptling!«, schrie Max.

»Moment!« Assistentenmausi wandte sich an den General, der gerade gepflegt ausrastete, weil der nächste Bewerber das Pferd nicht im Griff hatte und einfach mit ihm davonpreschte.

»Hey, bleib hier, wo willst du hin, stopp!«, brüllte er, und die Assistentin zupfte ihn vorsichtig an der Jacke.

»Da ist noch einer am Tor.«

»Soll kommen!«, schnauzte der General sie an, denn eines war ja hier wohl klar: Das waren alles Luschen, keiner dabei, der auch nur annähernd infrage kam.

»Hallo?«, redete Assistentenmausi in das Funkgerät. »147? Der Häuptling darf kommen.«

Max und Morten ballten die Fäuste. Ja!

Aber da war das Wort Häuptling im wütenden Kopf des Generals durchgesickert. Er schnaubte und schüttelte den Kopf.

»Nein. Es ist zu spät. Keiner darf mehr kommen!«

Der Sheriff ließ das Funkgerät sinken und zuckte ergeben mit den Schultern.

»Ihr habt's gehört. Zu spät. Hab ich ja gesagt!«

Max starrte ihn entsetzt an.

»Nein, das geht nicht, das …!« George trat näher an das Fenster heran und versuchte, das Herz des Sheriffs zu erweichen. »Bitte, das können Sie dem Jungen nicht antun, er hat wochenlang trainiert. Er ist der Richtige, ganz sicher!«

Der Sheriff musterte Max und schien da nicht ganz Georges Meinung zu sein.

»Das verkraftet er nicht, das wird er nicht überleben«, bettelte Morten. »Bitte, geben Sie ihm eine Chance.« Tatsächlich standen ihm die Tränen in den Augen. Es durfte einfach nicht sein, dass es jetzt daran scheiterte, nachdem sie so viele Hürden überwunden hatten.

Der Sheriff schob seinen Cowboyhut zurück und kratzte sich am Kopf. Tat ihm ja auch leid. Das war vielleicht ein bisschen zu hart vom Chef. Er war kurz davor, sich über den Befehl hinwegzusetzen und das Tor aufzumachen, da kam Evis Auto angebrettert und bremste quietschend direkt an der Pforte.

Sie kurbelte das Fenster runter.

Max kniff die Augen zusammen. »Evi?«

»Zeig's ihnen, Häuptling! Ich muss gleich wieder los, aber ich hab dir jemanden mitgebracht.«

Die Beifahrertür ging auf und sein Vater sprang aus dem Wagen.

»Hey, Großer!«

»Papa!«, rief Max und fiel ihm um den Hals.

Torsten hob die Hand zum Gruß Richtung Evi und zwinkerte ihr zu. »Danke sehr!«

Sie zwinkerte zurück und brauste davon, um endlich den Kindergeburtstag zu übernehmen.

»Na, alles im Griff?«, wollte Torsten wissen.

Der Sheriff kniff die Augen zusammen und starrte ihn durch das kleine Fenster an.

»Das ist doch der Clown, der mich an den Barhocker gekettet hat!«

Er knallte die Klappe zu und damit war die Sache entschieden. Diese Leute würden hier nicht reinkommen.

Torsten hämmerte an die Tür. »Hey, machen Sie auf, da kann doch mein Sohn nichts dafür!«

George verschränkte die Arme und schaute Torsten abschätzig an.

»Na super. Jetzt hatten wir ihn gerade so weit!«

»Wer hat dich denn gefragt?«, blaffte Torsten wütend zurück, und wäre Max nicht sofort dazwischengetreten, wären die beiden aufeinander losgegangen. Und da ging es nicht nur ums Casting, das war klar.

»Hauptsache, du bist da!«, sagte Max zu seinem Vater und drückte die beiden Streithähne mit den Händen auseinander.

»Genau. Und deswegen kann der doch jetzt gepflegt wieder gehen. Ich bringe dich da schon rein!«

»Wie man sieht«, grinste George abfällig.

»Was soll denn das schon wieder heißen?«, brüllte Torsten.

Verzweifelt schaute Max von einem zum anderen.

»Jetzt hört doch auf, sonst schaffe ich das hier nie!«

Beide Männer schnaubten, da meldete sich Morten, der einfach den Palisadenzaun entlang losgegangen war.

»Vielleicht können wir hier irgendwo drüberklettern?«

Sofort stieg Torsten drauf ein. »Bestimmt, gute Idee Morten.«

»Ja, genau!«, schloss George sich an, und dann gingen sie den hohen Zaun ab und suchten irgendeine Stelle, die niedriger war oder sonst eine Chance bot.

»Pustekuchen!«, seufzte George, und Max' Gesicht wurde immer länger.

»Die Bleichgesichter haben ihr Fort gut gesichert.«

»Aber das Volk der Apachen ist schlauer als die bleichen Wüstenfüchse«, knurrte Torsten, nicht im Geringsten bereit, so schnell aufzugeben. »Los, wir machen eine Räuberleiter, dann kann wenigstens Max da drüber!«

Er stellte sich breitbeinig hin und faltete die Hände vor dem Körper, sodass Max darauf klettern konnte. Dann hob er ihn ächzend hoch.

Tatsächlich bekam er die Spitzen des Holzzauns zu fassen und zog sich so weit hoch, dass er einen Blick ins Gelände werfen konnte.

Leider direkt in die Augen des Sheriffs, der fies grinsend an einem Gatter lehnte und nur den Kopf schüttelte.

»Denk gar nicht dran!«, sollte das wohl heißen.

Seufzend sprang Max runter. »Da steht der Sheriff!«

»So ein Mist«, fluchte Torsten, und George zuckte mit den Schultern. Jetzt fiel ihm leider auch nichts mehr ein.

»Hey Leute, hier ist eine Tür!«, rief da Morten, der einfach weitergegangen war.

Und tatsächlich. Da war eine. Einfach so. Irgendein Hintereingang für die Schauspieler oder Angestellten.

Morten drückte die Klinke runter und sie ging auf. Es war ganz leicht.

»Vorsichtig und immer schön in Deckung!«, gab

Torsten das Kommando. »Nicht, dass uns jetzt noch der blöde Sheriff aufgreift!«

Leise schlichen sie hintereinander auf das Gelände und George machte die Tür wieder zu.

Sie bewegten sich hinter den Buden, huschten von einer Deckung in die nächste, versteckten sich hinter Heuballen und Holzwägen und versuchten, möglichst kein Geräusch zu machen.

Endlich erreichten sie den großen Platz. Torsten lugte um die Ecke und schaute direkt auf ein großes Schild mit Pfeil.

»Zum Casting!« stand darauf. Er nickte den anderen zufrieden zu und wollte gerade das Kommando zum Loslaufen geben, da entdeckte er den Sheriff. Der saß vor einer der Buden in einem Schaukelstuhl und drückte auf seinem Handy herum, spielte irgendein Spiel und schimpfte dabei leise vor sich hin.

Torsten schickte Morten und Max vor. Sie sollten so leise wie möglich zur nächsten Bude rennen und da wieder in Deckung gehen. Tatsächlich gelang ihnen das auch, der Sheriff war in sein Spiel vertieft und schaute kein einziges Mal hoch. Jetzt lief Torsten, dann folgte George.

Genau in dem Moment siegte der Sheriff, ballte die Faust, schaute hoch und direkt in Georges weit aufgerissene Augen.

»Das darf ja wohl nicht … ich glaube, mein Schwein pfeift!«, schimpfte er und versuchte, aus dem Schaukelstuhl zu springen. Das war aber nicht so einfach, und so hatten Max und Konsorten einen kleinen Zeitvorsprung und rannten los, immer Richtung Casting und Bühne.

»Lauft!«, schrie Torsten und »Hände hoch oder ich schieße!«, rief der Sheriff ihnen hinterher. Dann fiel ihm auf, dass er ja gar keinen Revolver hatte. Wenn er die Eindringlinge schnappen wollte, musste er sich wohl oder übel in Bewegung setzen. Und das tat er auch. Er rannte, so schnell er konnte, und folgte den Feinden in eine Hütte, in die sie sich gerettet hatten.

»Hey, ich hab euch! Gebt auf!«

In der Hütte lagerten die Kostüme. Schnell verteilte Torsten Klamotten an alle, die Verkleidung der Mexikaner. Dann schlichen sie hinter den Kleiderständern in Deckung am Sheriff vorbei nach draußen und setzten sich um einen runden Tisch, als wären sie Puppen. Puppen von Mexikanern. Bewegungslos, ausdruckslos, Dekoration vor dem Schuppen.

Der Sheriff folgte und ging tatsächlich an ihnen vorbei. Er stellte sich breitbeinig auf den staubigen Platz und schaute sich in alle Richtungen um.

»Ich kriege euch schon!«, brüllte er wütend und ging weiter. Langsam und ganz vorsichtig setzten Max und Co die Hüte ab und wollten gerade losrennen, da stieß Morten gegen eine Blechtasse auf dem Tisch. Scheppernd fiel sie zu Boden.

»Ha!«, schrie der Sheriff und rannte sofort auf sie zu.

»Lauft, ich halte ihn auf!«, brüllte Torsten, und Max und Morten rannten, so schnell sie konnten, während George beschloss, lieber bei Torsten zu bleiben und ihm im Kampf gegen den Sheriff beizustehen. Langsam kam er auf die beiden zu.

»Bleiben Sie besser stehen, Sie Sheriff«, drohte Torsten. »Wir sind zu zweit!«

Der Sheriff grinste ihn fies an und krempelte sich die Ärmel hoch.

»Zwei sind viele zu wenig!«

15

Auf der Bühne versuchte mittlerweile der letzte Bewerber sein Glück. Es war der Sohn der schönen Mutter und er spielte leider genauso schlecht wie die anderen vor ihm. Der General saß verzweifelt auf der Tribüne, das Gesicht in die Hände vergraben. Es war nicht zum Aushalten! Wie konnte es sein, dass sich hier ausschließlich talentfreie Jungs bewarben? Mit welchem Recht stahlen sie seine Zeit, zerrten an seinen Nerven? Gerade stand der Junge vor Winnetou und löste seine Fesseln.

»Winnetous Sohn weiß, dass … äh … er weiß … «

Der General sprang auf.

»Also, das kann doch hier nicht euer Ernst sein!«, schrie er, »das ist doch nicht so schwer. Winnetous Sohn weiß, dass sein Vater, der Häuptling der Apachen, ein großer und starker Krieger ist. Ganz einfach!«

»Ein großer und tapferer Krieger«, flüsterte Assistentenmausi und zog vorsichtshalber schon mal den Kopf zwischen die Schultern.

Der General schaute sie kurz irritiert an und winkte dann ab.

»Mein ich doch. Und du, du da unten, hast du den Text nicht gelernt? Hast du gedacht, das fliegt hier einfach alles so … so … vom Himmel?«

Der Junge starrte ihn nur an und auch Winnetou reichte es langsam.

Da kamen Max und Morten von hinten auf die Bühne gerannt.

»Der Häuptling kann den Text«, rief Max vollkommen außer Atem. Der General schaute verdutzt von Assistentenmausi zu Winnetou und wieder auf die beiden Jungs, die plötzlich mitten auf der Bühne standen.

»Wo kommt ihr denn jetzt her? Das gibt's doch nicht, ich hatte doch deutliche Anweisungen gegeben!«

Max strahlte ihn an und legte Morten einen Arm um.

»Der Häuptling tut alles, um Winnetous Sohn werden zu dürfen. Und das hier ist der Einsame Wolf, sein treuer Freund und Trainer. Er kann bekunden, dass kein größerer Traum je im Herzen des Häuptlings gebrannt hat!«

Morten hob feierlich die rechte Hand zum Schwur.

»Howgh!«

Alle starrten die beiden Jungs da auf der Bühne ungläubig an.

Der General schnaubte, schüttelte den Kopf und wandte sich zum Gehen. Dieser dicke Klugscheißer hatte ihm jetzt gerade noch gefehlt!

»Tja, aber das Leben ist eben kein Wunschkonzert. Das Casting ist zu Ende.«

Morten erhob Einspruch. »Aber es sind doch noch alle da, Sie könnten doch mal eben ...!«

»Mal eben, mal eben. Nix da! Wir können hier sowieso keinen Darsteller gebrauchen, der jedes Mal zu spät kommt. Und die Betonung liegt hier auf jedes Mal!«

»Aber das war diesmal echt nicht ...!«, wollte Max erklären, doch der General winkte ab. Er hatte die Faxen dicke von diesen ganzen Stümpern.

Da mischte sich auf einmal von hinten Torsten ein. Er war mit Handschellen an George gekettet, was einerseits das Letzte war, was er wollte, andererseits jetzt aber auch total unwichtig.

Der Sheriff schubste die beiden vor sich her Richtung Bühne, die lange Treppe an den Zuschauertribünen hinunter.

»Herr General, der Junge kann nichts dafür!«

Der General drehte sich zackig auf den Hacken um und starrte den beiden Männern in Handschellen und dem Sheriff entgegen.

»Das wird ja immer bunter! Was wollen Sie denn?«

Eilig vermeldete der Sheriff, dass sich die Truppe eingeschlichen hatte, gegen seinen ausdrücklichen Befehl und ihm beinahe entwischt wäre, aber nach einer wilden Verfolgungsjagd hatte er, der Sheriff, die Eindringlinge heldenhaft dingfest machen können.

Torsten unterbrach die umständliche Rede. Wen interessierte das jetzt?

»Bitte, geben Sie dem Jungen eine Chance. Es ist ganz allein meine Schuld, dass er zu spät ist, und das tut mir furchtbar leid.«

Das sagte er in Richtung Max, dem ein bisschen weich in den Knien wurde, weswegen er sich bei Morten anlehnen musste.

»Ich hatte mich komplett aufgegeben, aber er, mein Sohn, er gibt mich nie auf. Er gibt überhaupt niemals auf. Hören Sie, dieser Junge ist ein Indianer. Er ist der, den Sie suchen!«

Der General war vollkommen überfordert. Was redete der da? Und vor allem, was ging ihn das an?

Assistentenmausi neben ihm schluchzte.

Wütend schaute er sie an. Was gab's denn da zu heulen? Die gesamte Situation, ja, die war dramatisch, da konnte man Tränen vergießen, aber sonst?

Wütend brach es aus ihm heraus.

»Was glauben Sie eigentlich, was das hier ist? Eine Therapiestunde für gescheiterte Möchtegernindianer? Nix da!«

Zur Bekräftigung schleuderte er sein Klemmbrett, auf dem er alle Kandidaten fett durchgestrichen hatte, mit einem lauten Knall auf den Boden. Das Pferd von Winnetous Sohn erschreckte sich, stieg hoch und ging durch. Mal wieder, und daran konnte man sehen, dass weder das Pferd noch der General lernfähig waren.

»Halt, stopp, nein, nicht schon wieder! Haltet es!«, schrie der, aber keiner der auf der Bühne herumlungernden Banditen schaffte es, das Pferd festzuhalten, geschweige denn zu bändigen.

Da kam Bewegung in Max. Er rannte dem Tier hinterher, konnte es einholen, bekam den Sattel zu fassen und zog sich daran hoch. Nicht elegant und fast wäre er auf der anderen Seite wieder heruntergefallen, aber er schaffte es und brachte das Tier zum Stehen.

»Ho, ho, mein Guter, ganz ruhig, alles ist gut!«, beruhigte er es und klopfte ihm sanft auf den Hals. Das Pferd schnaubte, warf den Kopf einmal hin und her und dann hatte es sich wieder gefangen. Max zog am Zügel und lenkte es zurück auf die Bühne zu den anderen, die alle mit offenen Mündern und schwer beeindruckt dastanden.

»Bravo, bravo Häuptling!«, rief Morten und klatschte vor Begeisterung in die Hände. Die anderen Anwesenden stimmten ein, alle zollten dem dicken Häuptling Respekt, der stolz auf seinem Pferd saß und vor Winnetou zum Stehen kam.

Nur der General stand mit zusammengekniffenen Lippen da und ärgerte sich schwarz. Niemals, nie und nimmer würde er diesem Jungen Applaus spenden.

Winnetou schaute ihn an. Sah der Chef das denn nicht?

Hier war ihre Chance, das war Winnetous Sohn, natürlich, ganz offensichtlich.

»Mein Sohn!«, wandte er sich an Max, um die Szene mit ihm durchzuspielen und den verstockten General zu überzeugen.

Max verstand sofort, was er vorhatte, sprang vom Pferd und löste die Fesseln. »Der Sohn des großen Häuptlings war in tiefer Sorge.«

Alle schauten gebannt zu und selbst der General konnte nicht anders. Was würde das jetzt geben?

»Winnetou hätte auf seinen Sohn hören sollen. Das Feuerwasser vergiftet die Herzen der Bleichgesichter und macht sie böse«, fuhr Winnetou in seinem Text fort.

Max schaute ihn an.

»Winnetous Sohn weiß, dass sein Vater, der Häuptling der Apachen, ein großer und tapferer Krieger ist.«

Torsten und George warfen sich einen Blick zu. Beide fühlten, dass Max damit nicht nur Winnetou, sondern auch seinen eigenen Vater meinte, der sich letztendlich so für ihn eingesetzt hatte.

So wie Max diesen Satz sagte, mit all seinem großen Indianerherz darin und so viel Überzeugung, konnte er selbst den Stein in der Brust des Generals erweichen. Musste!

Torsten jedenfalls sah durch seine Augen nur noch sehr verschwommen, wie Winnetou sich die rechte Hand auf die Brust legte.

»Und Winnetou weiß, dass sein Sohn einmal ein großer Häuptling werden wird!«

Die Szene war zu Ende.

Es herrschte absolute Stille im Freilichttheater Wolfitz. Langsam wandten alle ihre Blicke dem General zu. Voller Erwartung und voller Überzeugung. Dazu konnte er nicht nein sagen!

Torsten stand wie versteinert neben George, sogar der Sheriff vergaß, wütend zu sein, und kaute auf seiner Unterlippe.

Max und Winnetou standen gerade und stolz nebeneinander, zwischen ihnen das Pferd mit zurückgelegten Ohren.

Morten griff unwillkürlich an seine Haifischzahnkette, ohne zu denken, dass das Glück bringen könnte, aber irgendwo musste man sich ja festhalten, Assistentenmausi drückte beide Daumen so fest in ihre Fäuste, dass es wehgetan hätte, hätte sie darauf geachtet, und selbst Birte, weit weg und mit ihrer Führung fertig, blieb plötzlich stehen und starrte mit einem sehr, sehr merkwürdigen Gefühl im Bauch in den Himmel.

Der General kämpfte mit sich. Ein harter Kampf, einer der härtesten.

Auf der einen Seite wusste er, dass er diesen Häuptling nicht einen Tag länger ertragen, dass er ihm eine Lektion erteilen und hart und unnachgiebig sein wollte.

Andererseits war er ja nicht blöd.

Dieser Typ war gut, passte wie der Mokassin, der extra angefertigt worden war, er konnte alles und noch mehr, er wollte unbedingt, tat dafür, was er nur konnte, und zu guter Letzt: Es gab keinen anderen.

Aber durfte er sich die Blöße geben? War es nicht, als würde er die weiße Fahne schwenken, die ein General niemals in die Hand nahm? Nur über seine Leiche?

Max schaute ihn an, diesen Mann, der jetzt entscheiden musste und dem es so schwerfiel, über seinen eigenen Schatten zu springen. Er führte seine Hand zum Herzen.

»Was auch immer der Weiße Mann und General« – ja, er hatte die Sterne auf der Uniform gesehen –, »entscheiden wird, es wird das Richtige sein!«

Da trat so etwas wie Entspannung auf das Gesicht des Generals, er ließ etwas Luft aus, salutierte und stieß dabei die Hacken aneinander.

»Der General begrüßt Winnetous Sohn in seinem Team!« Und knurrend fügte er hinzu: »Montag um acht. Und zwar pünktlich!« Er drehte sich um und marschierte davon, um die Sache mit der weißen Fahne ganz für sich alleine zu verarbeiten.

Einen kurzen Moment war es noch still, dann riss Max die Arme hoch und schrie: »Ich bin Winnetous Sohn!«

Mit diesem Schrei brachen alle Dämme.

Morten umkreiste Max in geübter Indianertanzmanier und heulte, dass es eine wahre Pracht war, Winnetou schüttelte ihm stundenlang die Hand und freute sich auf die Zusammenarbeit, Assistentenmausi kletterte auf einen der Stühle und stieß schrille, hohe Freudentöne aus, Torsten und George lagen sich in den Armen, auch weil der Sheriff gedacht hatte, na, jetzt kann ich die aber mal wieder losmachen, und selbst Birte, weit weg und den Blick in den Himmel, musste plötzlich grinsen, ohne zu wissen, warum. Na ja, eigentlich wusste sie es schon.

»Er ist Winnetous Sohn! Er ist Winnetous Sohn!«

Die Indianer sagen: »Alles, was einmal war, ist immer noch, nur in einer anderen Form!«

So auch auf Evis Ranch. Sommercamp. Die Sonne brennt auf das karge, staubige Stück Erde. Hoch oben auf einem Felsen wartet ein Geier darauf, dass endlich alle Kinder versammelt sind.

Ein Auto fährt an dem Schild vorbei, das quietschend im Wind schaukelt, wenn er weht.

»Na komm raus, Lena!« Eine Mutter hilft ihrer Tochter aus dem Wagen, überreicht ihr den Rucksack und legt einen Arm um sie. »Das wird bestimmt ganz toll hier.«

In diesem Moment taucht Torsten auf. Er trägt eine Lederhose, die aussieht, als wäre sie mit ihm erwachsen geworden, und eine Weste mit Indianerschmuck daran.

»Möge der große Manitu mit euch sein!«, begrüßt er die beiden mit indianischer Geste.

Drei Kinder in Indianerkluft biegen um die Ecke und

scharen sich um Torsten, um den Neuankömmling zu begrüßen. Er lächelt das schüchterne Mädchen an und stellt ihm die anderen Kinder vor.

»Das sind Zappelnder Fuß, Schwankende Tanne und Kleiner Bär. Und ich bin Singende Dohle. Herzlich willkommen.«

Torsten zieht das Mädchen mit sich mit, zwinkert der Mutter zu und schickt sie mit einer Geste weg.

»Pass mal auf, gleich kommen auch noch Einsamer Wolf und der Häuptling. Die werden dir alles zeigen!«

Das Mädchen ist vollkommen in seinem Bann, und Torsten geht mit den Kindern zur großen Feuerstelle, wo Evi das Holz schichtet.

»Hier machen wir abends immer ein großes Lagerfeuer und kochen Succotash. Weißt du, was Succotash ist?«

Das Mädchen schüttelt mit roten Wangen den Kopf.

Torsten streicht ihm über den Kopf und legt seine Hände zum Käuzchenruf um den Mund. Aber bevor er ihn loslässt, fängt er Evis lächelnden Blick und lächelt mit den Augen zurück.

Schuschu!

Er zeigt auf einen Hügel und alle schauen.

Erst passiert nichts, aber dann kommt Iltschi majestätisch darüber hinweg und bleibt oben auf der Kuppe stehen. Auf seinem Rücken Max und Morten. Der Häuptling und sein Blutsbruder Einsamer Wolf. Die Kinder schauen mit offenen Mündern zu ihnen, Torsten legt Evi den Arm um und Max und Morten führen ihre Hand zum Herz.

»Möge der große Manitu stets mit euch sein!«

Wir möchten uns gerne bei einigen Menschen bedanken, die diese Geschichte erst möglich gemacht haben, sei es als Film, als Buch oder als Geschichte an sich.

Danke an »Unsere kleine Farm« in Düsseldorf, besonders an Eli, die das Vorbild für Evi war.

An Ole, der tatsächlich unterm Tisch geschlafen hat. Nie werden wir sein stolzes Gesicht vergessen, als er auf Pinky zur Winnetoumusik auf der Farm eingeritten kam. Danke für deine Einzigartigkeit und deinen Eltern dafür, dass sie sie zulassen.

Wir danken der Kinderfilm GmbH aus Erfurt, besonders Inge und Paul, dass sie diese Geschichte erkannt haben, und Anne, weil sie grandiose Darsteller gefunden hat (hey, ihr seid echte Indianer, Lolo und Tristan!), der Initiative »Der besondere Kinderfilm«, die sie gefördert hat, und den Redakteuren von ZDF und Kika für den konstruktiven Blick darauf und jegliche Unterstützung.

Außerdem natürlich unserem Regisseur André Erkau, Nachhaltigkeit und Visionen pflastern seinen Weg, und dem gesamten Filmteam, das dem schlechten Wetter getrotzt und erst recht einen Sommerfilm gedreht hat.

Dank dem cbt Verlag, dass sie das Potential in der Geschichte erkannt und direkt zugeschlagen haben.

Danke Karl May für die wunderschönen Geschichten, die uns schon immer begleiten, für Winnetou und seine Abenteuer. Niemals werden sie im Silbersee versinken!

Und danke, Eva-Maria, die du auch immer dagegen warst, dass Winnetou stirbt!

Thomas Brinx und Anja Kömmerling schreiben seit mehr als 25 Jahren zusammen Bücher und Drehbücher. Mit ihren Familien, bestehend aus Söhnen und Töchtern, Frau und Mops, Katzen, Katern und Kaninchen, leben sie in Bonn und Düsseldorf und schreiben alles auf, wovon sie denken, dass es sich lohnt. Und so soll es auch bleiben. Howgh!

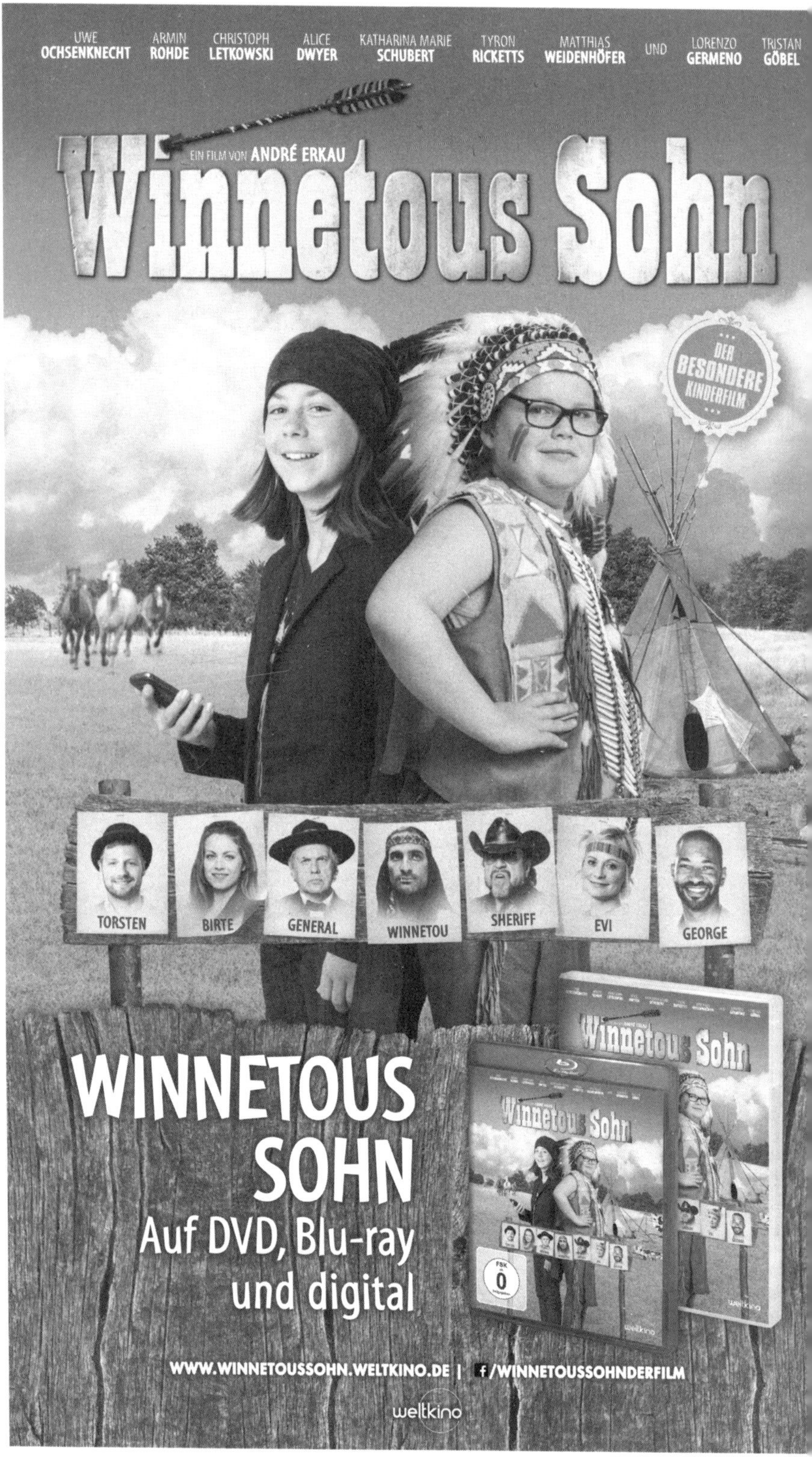
UWE OCHSENKNECHT
ARMIN ROHDE
CHRISTOPH LETKOWSKI
ALICE DWYER
KATHARINA MARIE SCHUBERT
TYRON RICKETTS
MATTHIAS WEIDENHÖFER
UND
LORENZO GERMENO
TRISTAN GÖBEL
EIN FILM VON ANDRÉ ERKAU
Winnetous Sohn
DER BESONDERE KINDERFILM
TORSTEN
BIRTE
GENERAL
WINNETOU
SHERIFF
EVI
GEORGE
WINNETOUS SOHN
Auf DVD, Blu-ray und digital
WWW.WINNETOUSSOHN.WELTKINO.DE | f/WINNETOUSSOHNDERFILM
weltkino

Julie Mata

Mein Sommer unter Hühnern

ca. 300 Seiten
ISBN 978-3-570-16372-6

Die 12-jährige Kate Walden versucht, das Beste aus dem Umzug ihrer Familie aufs Land zu machen: Sie dreht kurzerhand mit den Biohühnern ihrer Mutter einen Gruselfilm: „Die Nacht der Zombiehühner". Dass sich die Klassenzicke Lydia zwischen sie und ihre beste Freundin Alyssa drängt, kann sie so aber auch nicht verhindern. Ehe sie sich versieht, sitzt sie in der Schulmensa am Loser-Tisch und sieht sich gezwungen, eine kleine Racheaktion zu starten ...